PLANÈTE DES INSECTES : TOME 1

TERRY BIRDGENAW

ISBN : 978-1-7781562-5-0 (broché)
ISBN : 978-1-7781562-6-7 (ebook)

Dépôt légal, Bibliothèque et Archives Canada, juillet 2025

CARTES ET DIAGRAMMES

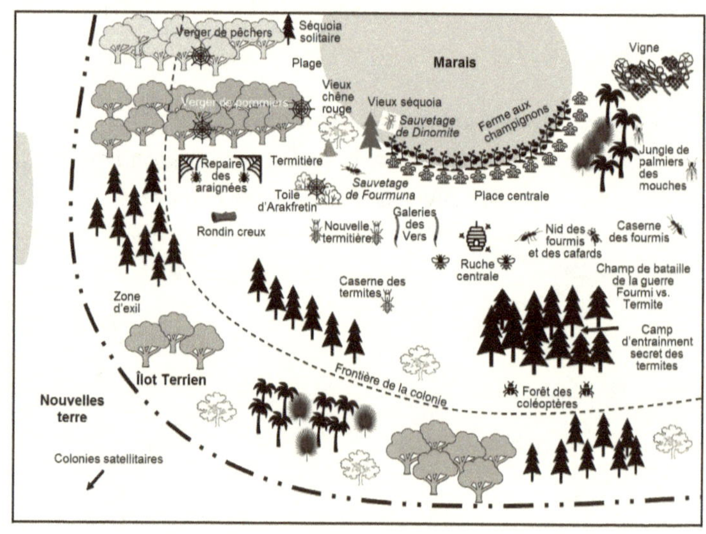

CARTE DE LA PREMIÈRE COLONIE
ÉTABLIE SUR CACA-PONIQUE

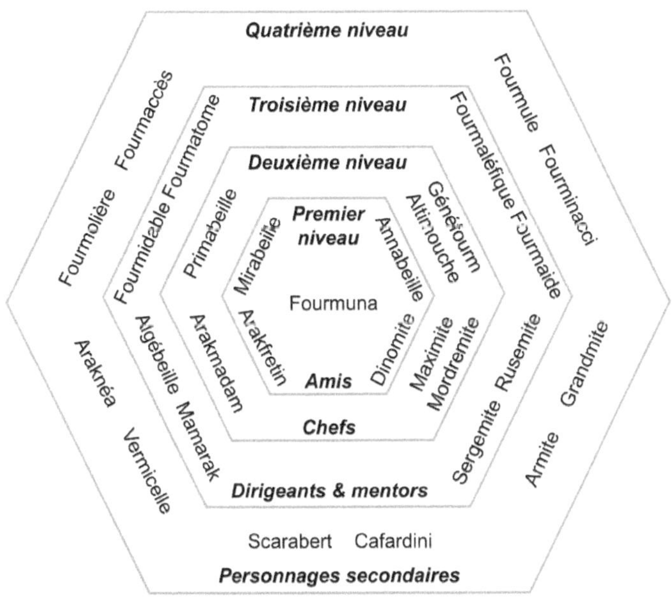

DIAGRAMME DES PERSONNAGES
DE L'HISTOIRE DE FOURMUNA

PROLOGUE

Péninsule du Yucatan, Terre, fin de la période du crétacé *(≃ 65 millions **d'années av. J.-C.**)*

SOUS L'EFFET DE la brise, les hautes herbes dansaient et projetaient une ombre qui faisait penser à une palissade, dont les lattes marbraient le sol aride illuminé par les rayons du soleil. Sur la traversée de cette étendue de pelouse, une petite fourmi semblait se débrouiller assez aisément avec la guêpe morte qu'elle portait sur son dos. La lumière du soleil, amplifiée par les ailes translucides de la guêpe, accentuait les nuances caramel de la tête et du thorax de la fourmi, alors que son abdomen luisant avait la même couleur que la réglisse. Ces mêmes ailes transparentes sublimaient les taches, rouges comme une pomme d'amour, qui parsemaient le thorax de la fourmi et lui conféraient un éclat singulier.

De nulle part, un termite à l'allure menaçante la défia pour remporter son gibier, mais six camarades de la fourmi arrivèrent pour l'aider à se replier. Depuis un brin desséché d'armoise qui surplombait la scène, une araignée fut témoin de cette altercation, mais puisqu'il[1] venait d'engloutir un gigantesque repas, il détourna son attention et se remit à tisser sa toile. Plus haut, deux abeilles passèrent dans le ciel tout en se bourdonnant l'une l'autre leur chance de ne pas être à la place du cadavre que portait la fourmi. Alors qu'elles regardaient fixement la défunte guêpe, les abeilles durent dévier de leur trajectoire pour éviter un essaim de mouches domestiques qui se dirigeaient vers le sud. Elles suivaient l'effluve odorant d'une carcasse de souris en décomposition, qui leur donnait l'eau à la bouche. À l'ouest, une bande de coléoptères xylophages rongeaient une branche de séquoia; elle était cassée, mais toujours attachée, et les coléoptères se délectaient de sa sève tout en produisant un tapis de sciure en dessous, sur le sol de la prairie. En contrebas, arrosés par la pluie de détritus, des cafards profitaient, au milieu de feuilles séchées, du buffet gratuit qui leur tombait dessus et rebondissait sur leurs carapaces lisses. Lorsqu'un ver de terre, de retour d'une expédition souterraine, surgit à côté d'elle, la fourmi fut secouée et chancela. Imperturbable, elle continua son chemin.

Dans les hectares environnants, d'innombrables scènes comme celle-ci reflétaient le voyage de la fourmi au travers du royaume complexe, mais rudimentaire, des insectes. Cependant, l'événement se produisit quelques hexutes[2] avant que la fourmi rejoigne sa colonie, au moment où les abeilles se rapprochaient de leur ruche et où les mouches atteignaient leur festin. Une onde puissante arracha du sol argileux les amarres des rhododendrons et des jeunes pommiers. Des noix de coco et des pommes de pin s'élevèrent dans les airs, tels des éclats

---

1   Dans ce livre, les pronoms dépendent du genre de l'insecte.

2   Une minute, d'après le système sénaire sur lequel se basent les fourmis.

de métal attirés par un puissant aimant. L'énergie gravitationnelle attira les ruches chargées de miel à la manière d'un aspirateur qui aurait avalé des crottes de lapin dans sa panse. Du bois mort, envahi par les termites, fut rejeté comme les débris d'une épave naviguant vers un rivage dévasté par les vagues d'un ouragan. Avec une déflagration assourdissante, les tourbillons engloutirent insectes, pousses d'herbes, plantes et terre sur des kilomètres à la ronde. Cela faisait penser à une tornade qui entraînait les habitations mal construites vers les cieux. Puis, aussi vite que c'était arrivé, tout s'immobilisa.

Sans comprendre leur sort, des insectes terrestres furent propulsés de leur habitat douillet vers une nouvelle réalité sur une planète dont ils ne connaissaient pas l'existence. Ils ne choisirent pas d'émigrer dans un univers inconnu. Cette épreuve bouleversante leur fut imposée. L'histoire de Fourmuna, la petite fourmi à la guêpe sac à dos, est connue uniquement parce qu'elle survécut de justesse à ce passage dans un vortex spatio-temporel. Ses descendantes se transmirent l'histoire phéromonale de ses débuts sur Terre et de ce qui s'ensuivit. Plus tard, les insectes consignèrent son histoire par écrit en phéromonique[3], à l'aide de composés chimiques, soit sur des tablettes en argile, soit sur des papyrus. Voici le récit de l'arrivée de Fourmuna et de sa survie, ce dont elle se souvenait et ce que ses nouveaux amis lui racontèrent. Le récit nous apprend de nombreuses choses sur le passé des insectes sur leur nouvelle planète : leurs difficultés, leur adaptation, leurs réussites, et la façon dont les circonstances ont réalisé ou anéanti leurs rêves.

---

3   Langage des fourmis.

PODCAST D'INTRO [INTERVIEW]

Vive :

Ici Vive McDougall qui vous retrouve chaque semaine pour notre podcast livr-o-mentaire sur l'Astroscience : *Qu'y a-t-il ailleurs?* [brève pause] Nous sommes le 3 septembre 2050, et c'est notre première émission de cette nouvelle saison. Pour les nouveaux auditeurs, précisons que, dans ce podcast, nous interviewons des auteurs de science-fiction et des astrothéoriciens à propos de leurs livres, dont nous lisons des extraits ou des chapitres. Nous cherchons à passionner nos auditeurs pour les découvertes dans les sciences astronomiques et à les instruire sur notre société grâce à une expertise approfondie de la science-fiction. [00:31]. Et, mesdames et messieurs, aujourd'hui, nous avons une surprise pour vous! En fait, nous vous en avons prévu toute une hotte parce que la série livr-o-mentaire que nous allons commencer va durer plusieurs semaines. Le sujet est tellement fascinant que nous ne pouvions pas le condenser en un ou deux épisodes. Ces sessions vont être un peu différentes de l'ordinaire. Déjà, l'auteur que nous recevons est un historien, et non pas un astrothéoricien ou un auteur de science-fiction. Il vient… tenez-vous bien… [pause] d'une autre galaxie ! [rires] [01:00] Deuxièmement, notre invité a accepté que nous lisions tout son livre en raison de sa portée phénoménale. Chaque semaine, nous aborderons un chapitre de son livre, mais nous ne passerons du temps avec l'auteur qu'aujourd'hui et à la fin de notre lecture. Oui, nous avons bel et bien en notre compagnie… enfin, à distance… Fourmiconteur, le célèbre historien qui habite sur Bilaluna, la lune de la planète jumelle de la nôtre. Sur Terre, on ne parle que de lui depuis qu'on a appris la sortie prochaine de *L'Histoire de Fourmuna*, tome 1 de la série *Chroniques complètes de Caca-ponique et de Bilaluna*. [01:31] [courte pause] Bienvenue, Fourmiconteur ! Ou bien préférez-vous que je vous appelle Professeur ?

Fourmiconteur :

Fourmiconteur, c'est très bien. Après tout, depuis notre première rencontre, les insectoïdes et les humains de nos deux mondes sont devenus de très bons amis.

Vive :

Fourmiconteur, j'ai hâte de lire votre manuscrit sur notre podcast parce que le récit que vous avez écrit est extrêmement détaillé. Nos auditeurs sont d'ailleurs impatients d'en savoir plus. La majeure partie des informations que nous possédons sur votre planète découle de rumeurs et de bribes d'informations qu'ont révélées la NASA et les autres agences spatiales. [01:58] Nous savons que votre société d'insectes a vécu un immense bouleversement en quittant la Terre et en traversant le vortex, et maintenant, nous allons tous pouvoir en apprendre davantage. Mais d'abord, dites quelques mots sur vous à nos auditeurs.

Fourmiconteur :

Je suis un insecte cyborg, autrement dit un insectoïde, appartenant à la famille FOURMI, la première famille d'insectes cyborgs
phylogénétiques apparus sur Caca-ponique. Je vis aux côtés de
999 autres insectoïdes sur Bilaluna, la lune de Caca-ponique.
Nous descendons des colons qui y sont allés après avoir quitté
Caca-ponique, il y a 15 000 hexannées[4]. [02:30]

Vive :

Fourmiconteur, j'espère que cela ne vous dérange pas si je vous
interromps à certains moments pour clarifier certains points. S'il
vous plaît, expliquez à nos auditeurs ce qu'est une hexannée. Ou
je devrais même plutôt dire… C'est quoi, cet hex ? [rires]

Fourmiconteur :

Nous utilisons un *système numérique sénaire* du fait que les
insectes ont six pattes. J'ai inventé des mots pour vous comme
hexondes ou hexennies en utilisant cette particule « hex » comme
base de toutes nos unités de temps parce qu'elles sont sénaires.
Pour chaque échelon, il faut multiplier par 6, et non par 10.

Vive :

Je vois que vous avez inclus une annexe dans votre livre pour
tout expliquer.

Fourmiconteur :

Oui, dans la plupart des cas, j'ai employé le système décimal

---

4   Une année, selon le système de mesure des fourmis.

quand il s'agissait de nombres, mais en tant qu'historien, je voulais garder notre système pour les unités de temps. [3:03]

Vive :

Revenons-en à vous, Fourmiconteur, et à votre livre. Pourriez-vous donner à nos auditeurs quelques informations générales sur votre monde captivant, votre évolution, et les raisons qui vous ont poussé à écrire vos livres ?

Fourmiconteur :

Vive, les premiers colons étaient des réfugiés en provenance de Caca-ponique, où nos ancêtres, les petits insectes biologiques, ont construit les premiers insectes cyborgs. Pour éviter les erreurs culturelles et environnementales qui ont eu lieu dans le passé et pour appeler nos amis terriens à la prudence, la Société Historique des Tous-insectes, ou SHT, a considéré qu'il était grand temps d'écrire l'histoire de Caca-ponique et de Bilaluna. [03:35]

Vive :

Voilà qui me paraît être un défi de taille. Avez-vous eu des réserves sur le projet, au début ?

Fourmiconteur :

Tout à fait. Je suis resté figé devant mon écran et mon pattier[5]. Je redoutais d'élaborer progressivement la formule chimique nécessaire pour cette tâche que l'on m'avait confiée. C'est pour cela que je me suis servi des deux éperons de mes tibias.

---

5   Équivalent du clavier pour les insectes.

Vive :

S'il vous plaît, expliquez-nous ce que vous entendez par « formule chimique ».

Fourmiconteur :

Eh bien, les fourmis communiquent entre elles, mais aussi avec les autres insectes, à l'aide de phéromones. Pour écrire une phrase, nous constituons une chaîne d'atomes. J'ai d'abord transcrit mon livre en phéromonique. [04:04]

Vive :

Et pour traduire votre phéromonique en anglais, vous utilisez un alternateur syntaxique que vos scientifiques ont créé ?

Fourmiconteur :

C'est exact. Mais j'ai aussi dû faire de nombreuses recherches sur les civilisations humaines afin de pouvoir utiliser des références et des comparaisons que vous seriez en mesure de comprendre. Je pourrais être considéré comme un humanologue amateur.

Vive :

En voilà, une approche intéressante. Cette histoire est incroyable. Pourriez-vous dire à nos auditeurs quelle période est abordée dans le premier tome ?

Fourmiconteur :

Ce livre comprend toute la période comprise entre l'arrivée de nos ancêtres insectes sur Caca-ponique et la fin de la guerre contre les Araignées et les Termites. C'est l'équivalent de notre Antiquité. [04:40]

Vive :

Je vois que votre narration, comme dans tous les romans, est centrée sur les gens, ou devrais-je plutôt dire, les insectes. Nous y voyons comment ils ont surmonté ces changements. Vous connaissez de nombreux détails, même pour une période qui remonte à des millions d'années.

Fourmiconteur :

Oui, l'ouvrage suit l'épopée de glorieux et de tristement célèbres insectes et cyborgs : Fourmuna, l'une de nos premières pionnières, Primabeille, la première reine des abeilles, et les fourmis belliqueuses, Généfourm, Fourmaléfique et Fourmatome. Ce premier tome reprend des archives phéromonales conservées par les descendants de Fourmuna, assez semblables aux histoires que se transmettent oralement les humains. [05:07] Fourmuna y témoigne de son enfance. Voilà donc ce qui m'a permis de raconter cette histoire, en la romançant à certains moments.

Vive :

J'ai adoré les passages qui concernent Fourmuna et ses amis, ainsi que ceux qui montrent comment ils ont aidé à la survie des insectes sur la nouvelle planète. Ces récits sont-ils authentiques ?

Fourmiconteur :

Oui, mais je les ai dramatisées pour donner de la profondeur au récit. J'ai aussi changé les noms, puisqu'il n'existe aucun équivalent anglais de nos patronymes phéromonaux. Ils commencent ou finissent toujours par un élément qui renvoie à l'espèce d'insecte en question, pour vous faciliter les choses. [05:30] J'ai souvent utilisé le reste du surnom pour refléter la position de l'insecte dans la société, ou une de ses caractéristiques physiques, pour pouvoir m'y retrouver. Parfois, j'ai utilisé un nom parce que je le trouvais drôle.

Vive :

Du coup, vous avez baptisé le personnage Primabeille parce que c'était la première reine des abeilles sur Caca-ponique ?

Fourmiconteur :

Voilà ! Et pour Fourmuna, j'ai utilisé le mot espagnol « una » après le mot « fourmi » parce que c'était la première fourmi que nous suivons dans le livre.

Vive :

Ah, pas mal ! De l'espagnol, en plus.

Fourmiconteur :

Eh bien, je suis historien, alors j'ai essayé d'acquérir autant de connaissances que possible sur la Terre. [06:01] Certains noms font référence à des personnages célèbres de votre passé. Non seulement ce livre a été traduit, mais il vous est destiné. La plupart des références qui s'y trouvent ne seraient pas comprises par les insectoïdes.

Vive :

Et votre histoire est si riche ! On dirait que votre société a connu une évolution extraordinaire, assez semblable à celle des humains, pourrait-on dire.

Fourmiconteur :

C'est vrai. Le premier tome relate des événements capitaux de notre passé, y compris notre arrivée sur Caca-ponique, notre évolution cérébrale et nos différends entre espèces. [06:31]

Vive :

En effet, nous vivons de vraies montagnes russes dans votre récit, entre moments de prospérité et moments de crises.

Fourmiconteur :

Eh bien, tout n'a pas été catastrophique. Certaines périodes étaient réjouissantes, d'autres amusantes, et puis, l'espoir était toujours là.

Vive :

J'ai adoré l'équilibre que nous y trouvons entre tragédie et comédie. Vous avez connu des mésaventures, mais il m'est arrivé d'être pliée de rire quand je suis tombée sur ces passages. Et avoir un poème avant chaque chapitre est plutôt inhabituel dans un manuel d'histoire.

Fourmiconteur :

En tant qu'historien, mon exposé se devait d'être aussi fidèle que possible à la réalité. [07:00] Cependant, je me suis réservé le droit d'introduire des préludes à chaque chapitre sous forme de poème, pour rendre hommage à mes ancêtres lyriques.

Vive :

Attendez ! Vous avez dit ancêtres lyriques ? Qu'entendez-vous par là ?

Fourmiconteur :

Cela remonte à l'un de nos premiers poètes, Fourmolière, une fourmi pauvre, mais sage. Ses poèmes étaient très populaires, un peu comme ceux du Dr Seuss. Mais avec cette différence que ses œuvres étaient destinées aux adultes, et non aux enfants.

Vive :

Fourmolière, [rires] pas mal ! Et je suppose qu'il a eu un impact sur le langage des fourmis ?

Fourmiconteur :

Oui, Fourmolière a inventé cet adage concernant l'habile expression des insectes : [07:31] « *Que vienne la rime sinon le verbe s'abîme* ». Mais, paradoxalement, c'est l'élite de la société qui a adopté ce que nous avions qualifié d'éloquence fourmolérienne. La majorité de la classe moyenne des insectes n'a pas pris la peine de lui accorder son attention, à moins de vouloir se faire remarquer.

Vive :

Je vois que vous avez divisé votre histoire en deux parties. Pourquoi donc ?

Fourmiconteur :

Chaque tome traite d'une période fondamentale de notre passé, et les deux sont séparées par des millions d'hexannées. Entre-temps, soit nous avons peu d'informations à notre disposition, soit il ne s'est rien passé de très significatif. [07:59]

Vive :

Et que diriez-vous à nos auditeurs pour les encourager à lire votre ouvrage ? Je suppose que vous voulez mettre en exergue les conflits entre hostilité et altruisme.

Fourmiconteur :

Oui. [d'un ton grave] Les autres civilisations devraient apprendre de nos erreurs.

Vive :

Nos dirigeants aussi nous ont aussi fait prendre le mauvais chemin et notre monde en pâtit. Sur ce, nous devrions commencer par le premier chapitre.

Fourmiconteur :

Je suis impatient de partager notre histoire avec les Terriens.

Vive :

Très bien, chers auditeurs, c'est parti ! Chaque émission abordera un chapitre, qui débute sur un charmant poème écrit par Fourmiconteur. [08:34] Nos lectures se dérouleront chaque semaine jusqu'à ce que nous ayons fini les six chapitres. Fourmiconteur se joindra à nouveau à nous une fois que nous aurons terminé ce tome-ci pour en reprendre les grands axes avec nous.

Fourmiconteur :

Vous me flattez énormément, Vive.

Vive :

Et d'ailleurs, chers auditeurs, comme pour tous nos podcasts, vous pouvez soit écouter l'épisode chaque samedi, soit lire la retranscription que nous mettrons en ligne dès le lendemain de sa diffusion. Allons-y ! *Chroniques complètes de Caca-ponique et de Bilaluna : tome 1. L'Histoire de Fourmuna,* un livre écrit par notre invité, Fourmiconteur. [09:00]

CHAPITRE 1

Où sommes-nous ?

Un exil, tel une trappe scellée, peut ouvrir
des hublots vers une autre sphère.

Et quelle est l'île en cette frontière ? Sinon
un terrain qui happe le regard,

Émergeant des flots infinis de sa nouvelle atmosphère.

Planète inconnue, à 23,03 milliards d'hexannées-lumière de la Terre, quelques instants après le prologue.

AU SOL ET couverte de terre, mais indemne par ailleurs, Mirabeille se trouvait à plusieurs centaines de mètres de sa ruche cassée. Une autre abeille, Annabeille, se releva la première et secoua ses ailes soyeuses pour se débarrasser de la poussière.

— Hé ! Fais attention ! Tu vas m'enterrer vivante ! lança Mirabeille.

Celle-ci était sous une pile de saletés puantes située à

proximité, et dont les relents arrivaient par vagues. *Je suis tellement grognonne que ça me fait disjoncter.*

Annabeille se figea et s'écarta brusquement de la pile de terre.

— Désolée, sœurette, je ne t'avais pas vue. Ça va ?

— Oui, mais ça irait mieux si je pouvais voir la lumière, répondit Mirabeille en battant des ailes pour les épousseter.

Sa grâce habituelle était aux abonnés absents.

— Qu'est-ce qui s'est passé, nom de nom ?

Débarrassée des saletés, elle retrouva son corps élancé qui était identique à celui de sa jumelle. Sa tête plus mince possédait de chaque côté de grands yeux à facettes qui occupaient la plus grande partie de ce sphéroïde de forme oblongue. Son crâne poilu était perché sur un thorax jaune pâle, lui-même fixé sur un luisant abdomen glabre, noir comme l'ébène et strié de bandes dorées. Des ailes transparentes et satinées s'étendaient de son ventre poilu à son derrière bombé.

— Je ne sais pas, sœurette. C'était peut-être un tremblement de terre, suggéra Annabeille.

Pour essayer de se repérer, Mirabeille tournoya sur elle-même. *Comment est-ce possible de ne pas savoir où je suis ? Généralement, je suis plutôt équilibrée.*

— C'est possible. Mais regarde par là-bas, dit-elle. D'où est apparue cette eau ?

— C'est un marais ? l'interrogea Annabeille.

Mirabeille partit en volant jusqu'au point d'eau. Elle se sentait aussi confuse qu'une abeille qui aurait essayé de récupérer du pollen sur des fleurs en plastique.

— Je suppose. Mais il n'y a aucun nénuphar. Les algues sont si épaisses qu'on ne peut pas déterminer la profondeur de la mare.

Qu'importe le temps que je passe à la regarder, je n'arrive pas à comprendre ce qui s'est passé.

— Oui, une partie du paysage ressemble à chez nous. Mais la plus grande partie me paraît étrange.

À l'aide de ses antennes, Mirabeille sonda les alentours dans toutes les directions.

— Holà! Annabeille, j'ai l'impression qu'on n'est plus à Laramidia!

En effet, les abeilles jumelles avaient été déplacées sur une autre planète quand une énorme météorite avait frappé la Terre, ce qui avait ouvert un vortex. Celui-ci avait envoyé des milliers d'insectes dans une galaxie éloignée. À l'approche de la météorite, l'intense énergie produite avait entraîné une altération du champ électromagnétique à cet endroit. Cette force avait distendu les cordes cosmiques et avait agrandi un trou de ver subatomique préexistant, jusqu'à une taille suffisante pour faire voyager des êtres vivants. L'énergie gravitationnelle avait puisé assez de matière exotique[6] pour maintenir le portail, qui aurait disparu autrement. L'attraction exercée par ces forces avait aussi aspiré de grandes quantités de flore et de faune à l'intérieur du passage spatio-temporel. Elles avaient transporté le portail jusqu'à une planète d'une galaxie en spirale, à 23,03 milliards d'hexannées-lumière de la Terre. On pourrait dire que les abeilles ont été téléportées par ce vortex.

Mirabeille, en émettant un effluve confus, continuait de se demander où elles étaient.

— Annabeille, il est impossible que cela ait été un tremblement de terre. Il ne nous aurait pas fait tomber du ciel comme ça.

---

6   Matière constituée d'autres particules que la matière ordinaire. Par exemple, la matière noire.

Les yeux plissés, elle désigna le ciel dans lequel elles volaient quelques instants auparavant.

Sur ce, Annabeille s'envola du sol en battant des ailes d'un côté et tournoya sur elle-même comme une toupie.

— C'était peut-être une tornade. Mais je ne vois aucun nuage en forme de cône. En plus, le vent était plutôt calme.

Mirabeille attrapa brusquement sa jumelle pour la ramener vers le sol.

— Ce n'est pas le moment de faire tes pitreries !

Puis elle soupira et leva les yeux.

— Une tornade emporte les choses plus haut, mais on s'est retrouvées par terre. Je ne sais pas ce que c'était, mais c'était bizarre.

— Tu penses que des insectes extraterrestres nous ont enlevées et emmenées sur une planète à des hexannées-lumière de chez nous ? l'interrogea Annabeille, formulant cette hypothèse sans enthousiasme.

Parfois, ma sœur a des idées formidables, mais elle ne peut pas être sérieuse cette fois-ci.

— Impossible ! Les insectes extraterrestres ne sont que des histoires à dormir debout, mais cet endroit me paraît vraiment exotique.

C'est une bonne chose qu'elle puisse compter sur ma nature sensée.

La force qui les avait fait chuter n'était pas aussi perturbatrice qu'une tornade puisque la majorité de la matière qui avait été aspirée était ressortie dans le même ordre. Du coup, cela avait préservé l'intégrité structurelle de la majorité des éléments avec leur environnement. Certains buissons, plantes et petits arbres avaient été totalement déracinés, mais ils étaient en grande partie arrivés intacts, toujours fixés dans leur bloc de terre. La scène donnait l'impression qu'un semi-remorque long d'un kilomètre avait découpé un morceau de la surface terrestre et l'avait déchargé brutalement sur une autre planète. Bien que des arbres aient été oubliés, ceux qui avaient survécu au voyage étaient bien ancrés dans le sol. L'effet de l'événement sur la flore donnait le même résultat que si elles avaient enduré un léger tremblement de terre. On voyait qu'elles avaient été secouées, mais pas vraiment remuées par ce passage.

Pour une raison inconnue, les animaux vivant sur Terre à cette époque ne réussirent pas à traverser. Les oiseaux, les dinosaures et les mammifères présents dans les environs ne passèrent pas par le vortex et ne survécurent pas à l'impact de la météorite. Par conséquent, l'incident n'avait affecté qu'un échantillon minime du monde invertébré. Aucune donnée concrète n'expliquait pourquoi seules huit espèces animales avaient résisté et atterri sans encombre sur Caca-ponique. Parmi les espèces survivantes, on comptait celle des *insectes* (ceux du genre Formica[7], autrement dit les fourmis lanceuses d'acide, les mouches domestiques communes, les abeilles, les cafards, les coléoptères xylophages et les termites), une espèce du genre *Lumbricus* (le ver de terre) et une classe des *Arachnides* (les Scytodes, surnommées « araignées cracheuses »). Bien que ces espèces aient résisté, de nombreux individus étaient morts en cet hexour parce que des nids s'étaient affaissés, que des ruches avaient été projetées, et que le passage dans le vortex avait provoqué un choc que certains insectes fragiles n'avaient pas pu supporter.

❧ ❧ ❧

Une minuscule araignée du nom d'Arakfretin regardait le paysage

---

7   Genre de fourmis.

depuis sa toile au moment où les abeilles jumelles apparurent. La lumière matinale du soleil projetait une ombre imposante et menaçante qui cachait son petit corps. Tel celui d'une mini chauve-souris, son visage était éclipsé par ses crochets proéminents et se prolongeait par son céphalothorax cuivré qui servait de base à huit pattes élancées. Un abdomen bien trop longiligne d'une couleur café soulignait son côté chétif. Il observa les abeilles s'approcher d'une petite fourmi qui, d'après son apparence, ne donnait pas le sentiment de pouvoir encaisser le traumatisme associé au passage dans le vortex. Toutefois, il tendit l'oreille pour écouter leur conversation.

— Hé, sœurette, n'est-ce pas la fourmi qu'on a vue avec la guêpe morte sur son dos ? demanda Annabeille.

Sa curiosité éveillée, Arakfretin regarda Mirabeille et se rapprocha de la fourmi en question.

— Oui, entendit-il l'abeille répondre à sa sœur. Elle n'a pas l'air en grande forme. Qu'est-ce qu'on peut faire ?

Bien que les abeilles et les araignées n'aient que faire du destin d'un autre insecte, les étranges circonstances instauraient une impression d'être « dans le même bateau » qui neutralisait tout instinct agressif ou défensif.

Je pourrais m'élancer de ma toile et donner un coup de main aux abeilles, mais ce sont des abeilles.

Fourmuna était étendue dans la terre et semblait sous le choc. Quelques hexondes plus tard, son corps convulsait violemment.

Arakfretin se figea et regarda Annabeille voler jusqu'à la petite fourmi.

— Oh, bon sang ! Elle tremble ! s'exclama-t-elle. Je pense qu'elle a arrêté de respirer !

Sur ce, l'envie d'intervenir augmenta chez Arakfretin,

comme lorsque lui prenait l'envie de tisser une toile supplémentaire au milieu d'un essaim de criquets. *Je vais me contenter d'attendre pour voir ce que font les abeilles.*

Il vit Mirabeille secouer la tête d'un côté à l'autre.

— On dirait que son cœur s'est arrêté, dit-elle. On ne peut rien faire.

À ces mots, il se retint de se catapulter depuis sa toile et continua d'écouter.

— Et si je la piquais ? suggéra Annabeille, qui volait au-dessus de la fourmi morte. Je pourrais faire repartir son petit cœur.

Arakfretin ricana. *J'imagine bien une abeille piquer une fourmi, tiens !*

— Ça la tuerait une deuxième fois, et tu pourrais t'arracher le ventre au passage, rétorqua sa sœur.

Arakfretin n'avait jamais parlé à une abeille auparavant. *Je ferais mieux de m'occuper de mes affaires.* Pourtant, il resta attentif à ce que demanda Annabeille ensuite.

— Mais qu'est-ce qu'on peut faire ? On ne peut pas la laisser mourir devant nos yeux.

— Hé, l'araignée ! appela Mirabeille en se tournant vers lui, ce qui stupéfia Arakfretin. Tu peux venir nous aider ?

Quoi ? Aucune abeille ou autre insecte ne m'a demandé de l'aide auparavant. Arakfretin descendit prudemment de sa toile et sécréta une vapeur nébuleuse

— Je suppose. Qu'est-ce que je peux faire ?

— Le cœur de cette jeune fourmi s'est arrêté, expliqua Mirabeille en lui jetant un regard noir et en désignant le corps désormais flasque de l'insecte. Est-ce que tu peux utiliser ton venin pour le faire repartir ?

— Ses toxines ne vont pas être trop puissantes ? dit

Annabeille, ce qui fit ricaner Arakfretin qui s'avançait avec méfiance.

— Nan, ça peut fonctionner. Vous voyez bien que je suis plutôt petit, lâcha Arakfretin. Ça me demande souvent plusieurs morsures, de tuer ma proie.

Mais je n'en reviens pas de vous révéler cette information.

— Alors, fais-le! l'implora Annabeille alors qu'Arakfretin approchait de la fourmi désormais immobile. Elle est en train de mourir!

Arakfretin monta sur l'insecte, mais avant de la mordre, il parla.

— D'accord, d'accord, mais seulement pour cette fois. Je ne veux pas que les autres apprennent que j'aide des abeilles et des fourmis.

S'ensuivit un silence tendu quand son intervention n'eut pas l'air de fonctionner. Annabeille s'abaissa pour écouter le cœur de la fourmi.

— Il ne se passe rien. Mords-la encore!

— Attendez, ça prend du temps! la réprimanda Arakfretin en se relevant et en faisant de gros yeux à Annabeille. Ça va d'abord la paralyser, puis la douleur devrait lui envoyer une décharge. Elle doit juste pomper un peu d'hémolymphe dans son cerveau.

Je ne suis pas un grand tueur, mais je sais ce que mon venin peut faire.

Sans surprise, le corps flasque de la fourmi commença par se rigidifier, mais l'insecte fut tiré de son sommeil mortel quelques hexondes plus tard.

Malgré le pronostic exact d'Arakfretin, Fourmuna le surprit lorsqu'elle bondit.

— Aïe, tu viens de me mordre? cria-t-elle.

Inquiet, Arakfretin fit un saut en arrière après que Fourmuna l'eut frappé et eut armé sa lance. *Oula! J'ai entendu dire que ce truc était dangereux.*

— Attends! intervint Mirabeille en se jetant entre eux. Ne fais rien. Il t'a sauvé la vie. Ton cœur s'était arrêté.

Le souffle coupé, Arakfretin se détendit comme un monarque[8] à la fin de sa longue migration.

— Mais, on dirait bien que l'énergie vous est revenue maintenant, dit-il.

Les jumelles félicitèrent Arakfretin pour son geste qui avait sauvé une vie et se présentèrent. Même si elle avait frôlé la mort, Fourmuna, dont la colère se dissipa rapidement, était plutôt vive. Bien que ces insectes et l'araignée aient récemment quitté leur stade de nymphe et atteint un âge équivalent à l'adolescence pour les humains, ils comprenaient que la vie était fragile pour des individus comme eux. Toutefois, la mort était une réalité quotidienne pour eux. Ce n'était pas si effrayant. Par conséquent, ils étaient souvent prêts à risquer leur vie pour en sauver une autre, particulièrement si c'était un membre de leur espèce. Ils ne craignaient pas la mort. Les sœurs et les frères de Fourmuna se mettaient en danger pour construire des ponts ou des embarcations avec leurs corps afin que leur reine et leurs camarades de la colonie puissent traverser des fossés ou des ruisseaux. Les sœurs de Mirabeille et d'Annabeille, ainsi que leurs cousines, se sacrifiaient souvent pour défendre la ruche. Même si elles faisaient partie de l'équipe remplaçante, elles étaient toujours irréprochables. Les circonstances tragiques qu'ils venaient de vivre renforçaient les inclinations altruistes

---

8 Espèce de papillon.

qui poussaient différentes espèces à s'entraider. Fourmuna remercia donc Arakfretin de lui avoir sauvé la vie.

— Ne me remerciez pas, rétorqua-t-il. C'était l'idée des abeilles. J'ai juste fait ce que je fais au quotidien. Et d'ailleurs, gardez ça pour vous.

Les gars me le rabâcheraient jusqu'à la fin des temps ou bien un soldat serait capable de m'arracher la tête pour avoir aidé l'ennemi.

Pourtant, Arakfretin ressentit de la tendresse quand Fourmuna, dans un élan amical, tendit son antenne et toucha timidement ses pédipalpes[9]. En fin de compte, il se fichait pas mal de ce que pensaient les autres araignées.

❧ ❧ ❧

Tout ce qu'on sait sur l'habitat primitif de la planète provient des histoires que Fourmuna raconta au sujet des explorations menées avec ses nouveaux amis. Après son rétablissement miraculeux, les quatre compères se mirent à arpenter leur nouvel environnement pour découvrir où ils se trouvaient, et ce qui avait changé. Ils s'approchèrent rapidement de la tranche arrachée à la Terre où leur épopée avait débuté. Revigorée par cette deuxième chance, Fourmuna était excitée à l'idée d'avoir des amis d'autres familles d'insectes et une araignée. Sensible aux phéromones qu'elle percevait et qui lui permettait d'interagir avec eux pendant leur exploration, son cœur s'attendrit.

— Annabeille, tu as raison de dire que ce décor te semble familier, fit remarquer Mirabeille tandis qu'ils déambulaient en direction de la mare. Regarde là-bas. C'est le pommier qui était à côté de notre ruche l'hexannée dernière.

— Je me souviens de ce séquoia. Il a toujours sa branche

---

9   Appendices présents chez les araignées au niveau de la bouche.

cassée, observa Fourmuna. Il était chargé de scarabées tout à l'heure, quand je suis passée à côté. Ils sont toujours là ?

J'ai peut-être perdu connaissance, mais mes souvenirs de ma vie sur Terre sont toujours aussi nets.

Annabeille s'envola brièvement pour balayer l'arbre des yeux.

— Oui, ils continuent de forer le bois, indiqua-t-elle. Rien ne les perturbe.

En effet, les coléoptères xylophages étaient les castors ou les bûcherons de leur ère. Ils travaillaient avec acharnement et s'occupaient toujours tranquillement, imperturbables, même si leurs actions provoquaient l'effondrement d'un gros arbre.

Fourmuna regarda Arakfretin qui se rapprochait pour jeter un coup d'œil, mais celui-ci cracha instinctivement sur les feuilles situées en contrebas quand elles se mirent à bruisser. Insensible à l'attaque, l'énorme cafard tira sur l'extrémité du fil de l'araignée, ce qui la fit tomber à la renverse.

Devant la scène, Fourmuna gloussa.

— Sacrebleu ! grommela le cafard. On ne peut pas profiter d'un bon festin sans être interrompu ?

La fourmi aida Arakfretin à se relever pendant que l'autre insecte regardait l'araignée.

— Des tremblements de terre, des attaques d'araignées… Parce que vous êtes une araignée, hein ? Même si je n'aurais pas pu le savoir au vu du lamentable crachat que vous avez lancé.

— Désolé, monsieur, je me suis laissé emporter par mon instinct. Je n'ai même pas faim, s'excusa Arakfretin.

Après que Fourmuna l'eut époussetée, l'araignée rétracta ses chélicères.

Ils se reculèrent précipitamment tous les deux vers leurs amies.

— Waouh ! s'exclama Fourmuna en leur faisant un petit sourire en coin. Quel râleur !

Sur ce, la fourmi examina le paysage de l'autre côté de la mare et diffusa autour d'elle un effluve scintillant.

— On dirait qu'il y a une grande partie de notre ancien quartier, mais que c'est juste une île au milieu d'une mer de rochers et de poussière.

Leur nouvelle planète faisait un dixième de la taille de la Terre, et la gravité y était réduite de manière proportionnelle. Son atmosphère, son eau et ses composés minéraux ressemblaient à ceux de la Terre, et malgré son apparence désertique, ce monde-ci était parfait pour que la végétation s'y propage. Cela avait peut-être demandé plusieurs hexiècles pour y parvenir, mais les plantes et les insectes terriens qui y avaient été transplantés accéléraient le processus. La météorite était tombée à l'apogée des premières plantes angiospermes sur Terre. À travers le vortex, de nombreuses plantes à fleurs avec des graines, du pollen et du nectar étaient passées. Ce petit morceau de Terre, ou plutôt « l'île de chez nous » comme l'appelait Fourmuna, garantissait la survie des insectes sur la nouvelle planète. Ce n'était pas encore le paradis, mais ils avaient à disposition leur lait et leur miel, même s'ils allaient devoir trimer pour les préserver.

❋ ❋ ❋

Contrairement à la plupart des territoires insulaires, l'île de Fourmuna n'était pas immergée dans la mer, mais le grand bloc exporté de la Terre s'était écrasé juste à côté d'une des zones marécageuses de la nouvelle planète. Fascinés, mais intimidés par l'énorme mare, les amis de Fourmuna s'en approchèrent avec prudence. La fourmi elle-même s'émerveilla de ce nouvel environnement, aussi ébahie qu'une nanitique[10] ou qu'une nouvelle fourmi adulte émergeant de son cocon. Cela la laissait sans voix de voir que ses amis n'étaient pas plus excités que ça.

— C'était quoi ? couina Annabeille.

Sa question suivait un bruyant enchaînement de craquements, de bruits sourds et d'éclaboussements derrière eux.

— Regarde ! cria Mirabeille. Cette branche s'est cassée et des bouts sont tombés dans l'eau.

L'abeille regarda autour d'elle à la recherche d'autres branches pendantes. Tout leur groupe était nerveux.

— Je suppose que nos amis les coléoptères ont enfin réussi leur traversée et ont fini leur festin, dit Fourmuna pour essayer de calmer tout le monde.

Je n'ai jamais connu de matinée aussi folle.

Elle scruta Arakfretin, qui leva ses pédipalpes pour évaluer la direction du vent.

— Ça souffle aussi pas mal, commenta-t-il. Le vieil arbre a dû être mis à rude épreuve, surtout après les secousses et les déplacements.

— On dirait que les coléoptères vont bien, lança Mirabeille. Il n'y a que la moitié de la branche qui est tombée dans l'eau.

Fourmuna vit les plus petits rameaux sombrer dans l'eau couleur turquoise foncé et commença elle-même à s'inquiéter.

— Attendez, est-ce que ce sont des termites dans l'eau ?

J'ai l'impression qu'ils vont se noyer.

— Je les vois, s'empressa de dire Annabeille. Il y en a trois qui ont grimpé sur la partie émergée de cette brindille.

Ils restèrent tous là à regarder les termites se presser vers l'extrémité de la branche avant que celle-ci coule.

---

10   Fourmi au stade enfant.

— Oh, ciel ! s'exclama Fourmuna en dégageant une senteur fébrile. J'en vois encore un dans l'eau, mais il n'y a aucune tige près de lui.

Malgré le calme qu'elle avait manifesté plus tôt, Fourmuna se précipita vers le bord de l'eau. *Je dois le sauver.*

— Ne t'inquiète pas. Il va nager jusqu'à la rive.

Les paroles de Mirabeille ne rassurèrent pas Fourmuna.

À la place, la fourmi se mit à agiter ses pattes avant en imitant la détresse du termite.

— Le vent l'éloigne encore plus, haleta-t-elle.

— C'est juste un termite, Mune. Je pensais que les fourmis les détestaient, lança Arakfretin.

Cette remarque rendit Fourmuna furieuse, mais l'araignée avait correctement cerné ce que les fourmis pensaient des termites, qui rivalisaient avec elles pour la nourriture.

— Écoute, tu m'as sauvée, alors qu'à une autre occasion tu m'aurais mangée, rétorqua-t-elle en jetant un regard noir à Arakfretin. Et si c'était toi, là-bas ?

On doit faire quelque chose !

Fourmuna se saisit d'une petite brindille qui provenait de la branche tombée, puis la plongea dans l'eau afin de porter secours au termite.

— Je vais nager jusqu'à lui. Quand je serai à son niveau, Arak, tu me cracheras dessus pour nous remorquer tous les deux.

Sur ce, elle lança à l'araignée un regard qui disait : « Fais-le sans discuter ».

— Je peux essayer, mais ça va tanguer, l'avertit Arakfretin, que Fourmuna continuait de fixer. Ça pourrait bien te paralyser, et dans ce cas, tu ne seras plus capable de nager.

— Écoute, Arak, n'y vois aucune insulte, mais ton venin

n'est pas si puissant que ça, répondit Fourmuna, dont le regard se radoucit.

J'y vais quand même.

Lorsqu'elle remarqua que Mirabeille volait vers la berge, Fourmuna oublia Arakfretin.

— Attends, tu ne peux pas nager aussi loin, la prévint l'abeille. Laisse-moi te porter et t'emmener jusqu'à lui.

Alors Mirabeille attrapa la petite fourmi et l'emporta jusqu'au termite dont les pattes s'agitaient tandis qu'il coulait sous la surface. L'abeille plana au-dessus de l'insecte et lâcha Fourmuna près de lui. Ensuite, la fourmi, tout en s'accrochant à la brindille avec ses pattes avant, utilisa ses pattes arrière pour étreindre le termite qui se noyait.

— C'est bon, je l'ai, indiqua Fourmuna en le hissant sur la tige. Maintenant, Arak, crache-moi dessus et tire-nous jusqu'à la rive.

Il m'a déjà sauvée. Je sais qu'il va réussir.

Arakfretin projeta son fil, mais une rafale souffla sur Fourmuna et le termite, qui finirent hors de portée. Du coup, il les rata de quelques centimètres.

— Recommence, Arak ! Réessaye! hurla Fourmuna, qui s'éloignait encore avec le termite.

— Ça ne sert à rien! cria Arakfretin. Vous êtes trop loin. Vous allez devoir nager.

À ces mots, Fourmuna perdit espoir, mais Mirabeille, qui volait toujours à proximité, lui remonta le moral en criant :

— Annabeille, viens là! lança-t-elle. Ensemble, on peut les pousser.

Sa jumelle, qui observait la scène dramatique depuis la rive, se mit immédiatement en alerte quand Mirabeille l'appela. Elle s'élança vers la zone de sauvetage avec une détermination inébranlable. Mirabeille et elle battirent de leurs ailes qui, telles les pales d'un hélicoptère, brassèrent l'eau. Épuisée, Fourmuna s'affaissa et laissa les jumelles abeilles prendre le contrôle de l'opération. Avec leurs griffes, elles les propulsèrent, le termite et elle, et firent onduler l'eau sous l'effet des mouvements de leurs ailes. Le poids des deux insectes produisait une résistance, en plus du vent qui soufflait en contresens. Fourmuna battit des pattes pour les aider, mais ne put utiliser que ses deux pattes arrière puisqu'elle devait tenir la brindille et le termite avec les quatre autres.

Au fur et à mesure de leur progression, Arakfretin évaluait leur distance par rapport à la portée maximale de son filin.

— Vous êtes assez proches maintenant! beugla-t-il. Préparez-vous!

Pour anticiper l'impact, Fourmuna ferma les yeux. Elle entendit l'araignée cracher, mais elle ne sentit aucun projectile ni aucune douleur.

Il a raté, alors je dois le supplier de réessayer.

Mais avant qu'elle puisse dire quoi que ce soit, elle remarqua un fil visqueux enroulé autour d'une nodosité de la tige.

Que le ciel soit loué! Arakfretin nous remorque.

Fourmuna se laissa aller pour se reposer alors que l'araignée les tractait. Lorsqu'ils atteignirent la rive, le termite reprit de la vigueur et Fourmuna le porta à moitié jusqu'à la terre ferme.

— Je vois que tu aimes nager et que tu devais être le premier à profiter de cette piscine, plaisanta la fourmi.

Je dois réussir à détendre cette atmosphère sérieuse.

— J'ai toujours détesté l'eau, alors je serais bien le dernier à m'y jeter, toussa leur nouvelle connaissance qui reprenait ses esprits. Je m'appelle Dinomite, et je suis ravi de vous rencontrer. C'était incroyable. Je vous dois la vie.

Des gouttes s'écoulaient de sa tête luisante couleur bronze garnie de longues faucilles comme des pinces. Six pattes chétives prolongeaient son thorax cuivré en forme d'accordéon et fixé à un abdomen longiligne, dont la couleur se situait entre le marron et le kaki.

Soulagée de les voir tous sains et saufs, Fourmuna expliqua la détresse qu'elle avait montrée plus tôt.

— Mes parents se sont noyés lors d'une inondation, l'hexannée dernière. Je n'ai pas réussi à les sauver, mais je savais que je pouvais t'aider, Dinomite, dit-elle d'un ton chaleureux. Ce genre de choses n'arrête pas de se produire hexourd'hui.

Et on agit tous main dans la main.

— Ouais, j'ai ressuscité Fourmuna il n'y a pas si longtemps, déclara Arakfretin.

Pour dire cela, l'araignée se tenait bien droite, remarqua la fourmi.

Cette information stupéfia Dinomite qui regarda attentivement Fourmuna.

— Toi aussi, tu as failli mourir ? Mais tu étais si forte !

— Je n'aurais rien pu faire sans Mirabeille et Annabeille, qui nous ont poussés, s'exalta Fourmuna. Et sans Arak, je ne serais même pas ici. Non seulement il nous a tirés jusqu'à la rive, mais il m'a aussi ramenée à la vie.

Je n'oublierai jamais ce qu'il a fait.

— Oh, je ne cherchais pas à me faire complimenter, je cherchais juste des fourmis et des termites à me mettre sous la dent, plaisanta Arakfretin en prétendant cracher à nouveau sur Fourmuna.

— Ma force provenait seulement du venin que m'a injecté Arakfretin, gloussa la fourmi. D'ailleurs, Arak, c'était génial d'avoir craché sur la brindille et pas sur moi.

À mes yeux, tu es le meilleur.

— Oui, j'ai visé la nodosité, se vanta Arakfretin en levant ses pattes avant pour paraître plus grand.

— Merci. C'était remarquable, dit Fourmuna en répandant une odeur pétillante. Bienvenue dans ce nouveau monde, Dinomite. J'ai toujours voulu avoir un termite comme ami.

Sur ce, elle tendit son antenne à l'insecte en question.

— Eh bien, tu en as un, s'extasia Dinomite. Merci à tous.

Bien que Fourmuna soit la plus jeune d'entre eux, elle était la plus sociable du groupe et peut-être la plus mature. Perdre ses parents et se faire déraciner loin de ses sœurs avait brusquement interrompu son enfance. Sa croissance ralentie l'avait obligée à se déplacer dans une autre partie du nid, loin d'elles. Comme Arakfretin, elle était gringalette, mais avait mûri vite pour se débrouiller toute seule. Bien que la taille de son corps laissât à désirer, sa personnalité resplendissait, ce qui lui donnait la réputation de petite dynamo auprès de ses tantes et ses oncles.

🐜 🐜 🐜

Après que Dinomite et Fourmuna se furent séchés, les nouveaux amis continuèrent leur exploration. Cela dynamisa le termite, qui avait déjoué la mort et qui avançait à présent avec une toute nouvelle détermination. Il ne s'était pas senti aussi animé depuis le jour de son passage du stade de larve à celui de nymphe.

D'ailleurs, il s'égaya encore plus quand Fourmuna suggéra des recherches plus approfondies.

— Si tu es partant, Dino, allons voir ce qu'il y a à la limite de la nouvelle terre.

— Ouais, ça me va. Moi aussi, je suis curieux, accepta le termite. Je pourrais aller vérifier l'état de ma termitière en chemin.

Cette généreuse héroïne a vraiment ébranlé ma tendance inflexible à me méfier des fourmis.

— Très bien, faisons le tour de la mare, proposa Mirabeille. Je vois que la nouvelle terre commence là-bas.

— Du moment qu'on n'a pas besoin d'aller dans l'eau, les taquina Dinomite en agitant à nouveau ses pattes.

Bien qu'il plaisantât, son aversion de l'eau devint une véritable peur à partir de cet hexour.

— Non, j'ai assez pêché pour hexourd'hui, plaisanta Arakfretin.

— Mirabeille et moi, on peut vous transporter jusque là-bas pour examiner les environs, leur proposa Annabeille.

— Non, marchons, dit Dinomite. Ne ruinons pas le suspense.

Ils avancèrent en direction de l'ouest pendant plusieurs hexutes et tombèrent sur une butte de terre fraîchement retournée en dessous d'une autre branche tombée d'un vieux chêne rouge.

— Hé, c'était là que se trouvait ma termitière ! gémit Dinomite, dont la voix se réduisit à un chuchotement. La branche l'a détruite et tout s'est effondré. J'espère que tout le monde va bien.

Je dois creuser pour leur porter secours.

Le termite grimaça lorsqu'il entendit le constat de Fourmuna, qui avait grimpé de l'autre côté du rameau.

— Je ne vois aucun tunnel, lança-t-elle. La branche a dû écraser tout le monde !

Deux des termites qui s'étaient hissés sur les branches immergées s'approchèrent de Dinomite et lui confirmèrent ce qu'il ne voulait pas entendre. Sous le coup de cette nouvelle bouleversante, son visage se décomposa.

Ne me dites pas un truc pareil !

— Qu'est-ce qu'il y a, Dino ? demanda Fourmuna.

— Mes amis m'ont dit qu'ils avaient vu la branche tomber et la butte s'affaisser, gémit-il. Ils ont essayé de secourir ceux qui étaient à l'intérieur, mais n'ont réussi à en sauver qu'un seul.

Je n'en reviens pas que l'incident ait tué tous les autres !

— Ta famille se trouvait à l'intérieur ? l'interrogea Annabeille.

— Tous mes parents, confirma Dinomite, qui dégagea un effluve ténu et se débarrassa de la terre qui lui couvrait le dos.

Mes efforts sont inutiles.

— Est-ce que tu veux qu'on t'aide à creuser ? proposa Arakfretin, qui sauta sur la branche tombée.

— Non, c'est trop tard, se lamenta-t-il.

Il réfléchit avant de continuer.

— Heureusement, mes parents ont dit qu'ils prévoyaient hexourd'hui d'aller vers le séquoia, près du verger de pêchers. Alors, je devrais aller les chercher là-bas.

Je dois m'y rendre tout de suite.

Après un bref vol, Mirabeille atterrit à côté d'Arakfretin sur la branche.

— Alors, c'est là-bas qu'on va.

❀ ❀ ❀

Arakfretin fit de son mieux pour remonter le moral de son nouvel ami Dinomite, mais ce n'était pas naturel pour lui. Il n'avait jamais perdu quelqu'un, que ce soit dans sa famille ou ses amis, parce qu'il ne s'était jamais rapproché de quelqu'un au point de se lier d'amitié. Les araignées étaient des créatures solitaires. Elles ne savaient jamais vraiment si une autre araignée se rapprochait d'elles par gentillesse ou pour les jauger en vue de leur prochain repas. Alors sympathiser avec Dinomite et les autres était une première pour lui, et il trouvait cela agréable d'avoir des adultes de son âge comme compagnons, même s'ils appartenaient à d'autres espèces.

Arakfretin et ses nouvelles connaissances marchèrent pendant plusieurs hexutes supplémentaires avant d'atteindre la limite ouest de la mare. Le sol qui provenait de la Terre avait créé une plage près d'un verger de pommiers, qui précédait celui des pêchers.

— On se rapproche du terrain de chasse de mon père, déclara Arakfretin. Il adore attraper les guêpes qui viennent se nourrir sur les pommes de ces arbres.

Peut-être que je vais le voir.

— Il ne se fait pas piquer ? l'interrogea Annabeille en exhibant son dard.

— Non, il leur crache dessus, puis les enveloppe pendant qu'elles sont étourdies, expliqua Arakfretin en agitant ses pattes pour leur mimer une attaque rapide. Il les mord uniquement une fois qu'elles se sont fatiguées à force d'essayer de se dégager.

Nous, les araignées, on est douées pour tuer.

— Brillant. Est-ce que ton père attrape aussi des abeilles ? demanda Annabeille en frissonnant.

Devant les tremblements de l'abeille, Arakfretin gloussa. *Qu'est-ce que je ferais si elle se prenait dans ma toile ?* Sa mère l'avait mis en garde contre le venin des abeilles et l'avait prévenu de rester aussi loin d'elles que possible. Mais non seulement celles-ci n'avaient rien de dangereux, mais elles étaient chaleureuses, et avaient même peur de lui.

— Je ne pense pas, répondit Arakfretin. Vous êtes difficiles à entoiler et trop grosses à transporter. Cependant, il rapporte parfois à ma mère les plus grosses guêpes en cadeau.

J'adore mon papa.

— C'est trop mignon ! s'extasia Fourmuna.

— Ouais, surtout quand elles sont recouvertes de jus de pomme, rigola Arakfretin qui essuya la salive qui dégoulinait sur ses mandibules.

— Regardez là-bas, sur la plage. C'est un nid de guêpes ? demanda Dinomite en pointant le rivage avec ses pinces.

— Eh bien, ce qu'il en reste, plutôt, dit Mirabeille. La chute a détruit les alvéoles et la cellulose est trempée.

— Il y a des guêpes à l'intérieur ? demanda Fourmuna.

— Non, soit elles sont parties, soit elles se sont noyées dans la mare, répondit Annabeille, se retournant sur elle-même pour imiter une guêpe morte.

Le spectacle fit rire Arakfretin.

Je n'ai jamais rencontré une araignée ou un insecte qui était aussi démonstratif. Sa mère lui avait appris à cacher ses émotions, alors l'enthousiasme sans retenue d'Annabeille le fascinait, et il n'avait pas honte de le montrer. Telle une jeune fourmi qui se serait imprégnée de ses coéquipières de la colonie, il suivit les gestes de l'abeille, et pendant quelques hexutes, perdit le fil des conversations de son entourage.

— On dirait qu'elles se sont noyées, ajouta Dinomite. J'en vois un bon nombre qui s'est échoué sur la plage.

— Je vois aussi un autre nid ! s'exclama Mirabeille, qui fit un peu de vol stationnaire pour mieux voir.

— Je parie que nombre d'entre elles n'ont pas survécu à cette catastrophe, ajouta Fourmuna. Les guêpes construisent souvent leur nid en haut des arbres. Celle que je portais tout à l'heure est morte quand une rafale a démoli son nid.

— Leurs habitations sont trop fragiles, soutint Annabeille

en se redressant et en se secouant. Je parie qu'aucune d'elle n'a survécu.

— Regardez, on est presque à la frontière de la nouvelle terre ! s'écria Fourmuna en montrant le paysage désertique avec ses antennes.

À ces mots, Arakfretin se sortit de sa stupeur passagère et répondit à la fourmi.

— Ça a l'air vraiment aride. Il n'y a aucune plante, dit-il. Comment est-ce qu'une araignée pourrait construire sa toile là-bas ?

Et qu'est-ce que je mangerais ? Il regarda alors ses amis qui auraient habituellement constitué son repas.

— Ouais, je ne vois que des pierres et de la poussière, bredouilla Annabeille, qui descendit en piqué vers le sol. On dirait que notre quartier a été embarqué et lâché sur la Lune.

D'après les descriptions et les témoignages qu'ils avaient collectés plus tôt, la planète sur laquelle ils avaient déménagé ressemblait à la Terre. Pourtant, elle semblait à une ère antérieure à celle du crétacé qu'ils venaient de quitter. Ce nouvel univers faisait penser à l'ère phanérozoïque de la Terre, avant que les plantes envahissent la terre sèche. Des roches volcaniques et de la cendre recouvraient le sol et aucune espèce végétale n'était apparue. Les points d'eau de la planète n'étaient pas des marais, mais des zones humides de type archaïque. Les bassins profonds contenaient des algues vertes et vert turquoise, ainsi que de grands stromatolites qui faisaient penser au corail, et qui étaient essentiels pour produire l'oxygène de l'atmosphère. Bien que certaines des algues vert turquoise soient aussi toxiques pour les humains que pour les insectes, elles semblaient inoffensives aux nouveaux habitants de la planète. Aucun d'eux n'aurait mis ces algues dans son assiette, mais ils n'allaient pas refuser l'oxygène qu'elles produisaient.

Nos jeunes explorateurs avançaient sur le petit tronçon de leur ancien domaine, qui était parsemé d'arbres fruitiers et possédait une étroite plage. Ce bout de terre était coincé entre le sol désertique s'étendant sur leur gauche et le nouveau marais situé sur leur droite.

Arakfretin remarqua que Dinomite tendait la tête pour voir ce qu'il y avait sur la plage, devant eux.

— C'est quoi, ces poches soyeuses près de l'eau? demanda-t-il.

— Ce sont probablement mes amis qui enveloppent les guêpes pour les transporter jusqu'à chez eux et les manger plus tard, répondit l'araignée en lançant de la soie sur son dos pour montrer l'exercice.

— Les araignées ne mangent pas que des proies vivantes? bégaya Annabeille.

— Non, du moment que l'insecte est frais, elles s'en contenteront, indiqua Arakfretin avec un sourire.

Je dois lui en apprendre plus sur notre espèce pour qu'elle ne nous craigne pas.

— Avec autant de guêpes, elles n'auront pas besoin de chasser pendant des hexois.

Arakfretin détourna ensuite son attention d'Annabeille pour se reconcentrer sur Fourmuna. Bien que l'abeille l'amusât, le mâle araignée était épris de Fourmuna ou en admiration devant elle, comme Annabeille l'était de sa jumelle. Il sentait son cœur se gonfler tandis qu'il regardait la fourmi contemplant le paysage. Il ne pouvait pas nier que l'assurance magnétique de Fourmuna, qui était à l'opposé de la sienne, l'impressionnait. Il était souvent embêté ou ignoré par les autres araignées adultes, qui le traitaient d'avorton, alors quelque chose en lui, un sentiment qu'il n'avait jamais compris jusqu'à cet instant, recherchait l'admiration « sororale » de Fourmuna. Comme Dinomite, Arakfretin l'adorait.

— Je vois les araignées maintenant, dit la fourmi. Est-ce que l'une d'elles est ton père ?

— Je ne pense pas, répondit Arakfretin. La toile de mon père se situe un peu vers l'est.

Et bien qu'il tînt à son père, il était si content d'avoir des amis qu'il enfouit son inquiétude au fond de lui pour le moment. À la place, telle une jeune araignée qui aurait pris son envol avec sa première montgolfière en soie, il sourit.

— Mais à l'est d'ici, c'est là bas ! cria Dinomite en pointant le marais.

— Quoi ? Où sont tous les arbres ? lâcha Arakfretin, qui répandit un relent graveleux.

Par rapport à mes souvenirs, la taille du groupe d'arbres a été divisée par deux. Alors que l'effroi l'envahissait, il eut l'impression que la montgolfière dont il parlait tout à l'heure venait de le faire atterrir au milieu d'un feu de forêt.

Après avoir survolé le marais, Mirabeille revint avec de mauvaises nouvelles.

— Je suis désolé, Arak. L'eau est profonde, mais j'ai vu plein de pommiers encore debout sous l'eau. Le marais a submergé tout ce qui se trouvait à l'est d'ici.

Arakfretin pensa alors à tous les moments incroyables qu'il avait passés avec son père dans son enfance. *En plus, il était génial avec ma mère.* Puis il réalisa que son géniteur avait peut-être survécu.

Peut être que mon père va bien. Il rend généralement visite à ma mère le matin, dit-il en frappant le sol de ses huit pattes tandis qu'il regrettait de ne pas pouvoir voler. Je ferais mieux d'aller la voir maintenant. Elle vit là-bas, au milieu des pêchers.

— Je vais t'accompagner, bafouilla Dinomite. C'est près du séquoia que j'ai mentionné.

Alors que le termite s'apprêtait à poser une de ses antennes sur le dos d'Arakfretin, l'araignée remarqua que Mirabeille se retournait dans la direction par laquelle elle était venue.

— On devrait retourner chez nous avec Annabeille pour voir dans quel état est notre ruche, dit-elle.

— Je vais venir avec vous, proposa Fourmuna avant de continuer, émue. Mes deux parents sont morts, mais mon nid est proche de votre habitation.

— On pourrait te transporter jusque là-bas si tu veux, proposa Annabeille en lui montrant ses griffes crochues.

— Oui, j'aimerais bien, répondit Fourmuna.

Puis la fourmi regarda tristement Arakfretin et Dinomite.

— Salut, les gars. J'espère que vous trouverez tous les deux votre famille.

🐜 🐜 🐜

Sur le trajet supposé les ramener à leur ruche, Annabeille s'adressa à Mirabeille par une légère odeur.

— Je suppose que Dinomite est maintenant orphelin et qu'Arakfretin a perdu son père.

— Peut-être, mais ils feront comme la plupart des insectes, répondit Mirabeille. Ils oublieront leur chagrin et passeront à autre chose.

Fourmuna, que le vol rendait euphorique, intervint un peu tard.

— Oui, c'est pour ça qu'on a de si grandes familles. Pour

qu'on puisse se réconforter en cas de coups durs. Mes oncles et mes tantes m'ont élevée depuis mon plus jeune âge, et l'une de mes grandes sœurs est même devenue la nouvelle reine.

Tout comme la majorité des membres de la communauté des termites, Dinomite avait, en effet, perdu ses parents. Il apprit qu'ils étaient restés dans la termitière pour aider à prolonger un tunnel afin d'y abriter de nouveaux œufs. Arakfretin avait aussi perdu son père, qui n'était pas allé rendre visite à sa mère ce matin-là. Mais, comme Fourmuna, ils mirent ces épreuves derrière eux, et la vie continua. S'être fait de nouveaux amis pendant leur deuil les avait peut-être rapprochés de Fourmuna et des abeilles jumelles. Même si ces divers insectes et une araignée ne devenaient pas habituellement amis, ils se serrèrent les coudes. Fourmuna, ses deux amies abeilles Mirabeille et Annabeille, son sauveur Arakfretin et l'insecte qu'elle avait secouru, Dinomite, restèrent amis pour la plus grande partie du reste de leur vie. Au fur et à mesure qu'ils mûrissaient, l'attitude altruiste et rebelle de Fourmuna déteignait sur eux. Avec cette deuxième chance, la fourmi prévoyait de profiter pleinement de la vie. Elle ne transigea pas sur ses valeurs, qui étaient nobles et désintéressées. Pendant toute sa longue existence, si une cause morale se présentait, Fourmuna la défendait, soutenue par ses amis qui la suivirent, bien que l'un d'eux ait fini par s'écarter de leur groupe sous la pression.

Ils ne savaient pas si c'était dû à la nouvelle atmosphère, à l'absence d'hivers glaciaux, à la gravité réduite ou aux prédateurs moins nombreux, mais leur arrivée sur la nouvelle planète étendit l'espérance de vie de tous les nouveaux habitants. Sur Terre, la durée de vie de ce groupe d'invertébrés variait énormément, de la moitié d'un hexois, au minimum, pour les mouches domestiques, jusqu'à six hexannées pour les fourmis Formica.

Sur cette planète, tous vécurent l'équivalent de six fois l'espérance de vie d'une fourmi, soit un hexiècle. Pour ces insectes, l'impact de la météorite fut le big bang à partir duquel leur vie, telle qu'ils la connaissaient, changea pour toujours. Ils avaient leur monde à eux, où ils pouvaient contrôler leur destin. C'était à la fois libérateur et intimidant, mais exaltant. Ils adorèrent ne plus devoir fournir d'efforts à porter de lourdes charges et vivre une nouvelle histoire sans hivers.

CHAPITRE 2

NE POUVONS-NOUS PAS COLLABORER ?

*Comme les bambins, les colonies doivent
être protégées et chéries.*

*Et au fil de leur croissance, leur
essence peu à peu s'épanouit.*

*Tandis qu'elles grandissent et se déploient,
leur force deviendra prodigieuse.*

*Mais forcer leur développement pourrait
menacer une existence bien précieuse.*

DEUX DES PLUS célèbres nouveaux arrivants sur Caca-
ponique étaient Primabeille et Généfourm. La première était
une reine abeille, alors ses suivantes attendaient d'elle qu'elle les
dirige. Sans oublier que les autres insectes la craignaient à cause
de sa taille. En tant que reine des abeilles, elle possédait un carac-
tère plus maternel que combatif, même si elle était capable de

batailler dur pour sauver ses sujets. Comme la plupart des mères, elle tenait à celles dont elle devait assurer la sécurité. Pourtant, elle restait une reine modeste et n'était pas corrompue par le pouvoir. Primabeille avait la responsabilité de nourrir l'essaim et de s'assurer de lui offrir un abri. Avant que les plantes et les arbres se propagent au-delà de l'Îlot Terrien pour fournir une couverture végétale plus importante à ces insectes qui vivaient longtemps et devaient survivre, les temps furent durs. Primabeille fit de son mieux pour garder les plantes terriennes en bonne santé. Elle savait quoi faire pour préserver l'intégrité de sa ruche. Bien que ses décisions ne fussent pas appréciées par les insectes autres que les abeilles, elles aidèrent l'essaim.

— Je peux fredonner si ma voix vous fait envie, mais venez sous mon aile si vous cherchez un abri, les rassurait Primabeille sans prétention.

C'était d'ailleurs la reine de la ruche où vivaient Mirabeille et Annabeille, alors les jumelles la connaissaient bien. Elles dirent à Fourmuna et aux autres combien elle était géniale. Le titre de reine intimidait Fourmuna, qui voulut quand même absolument la rencontrer. La fourmi écouta attentivement quand les jumelles décrivirent par quel moyen Primabeille voulait nourrir les plantes de leur nouveau monde, et encourager un esprit collaboratif entre les différentes colonies d'insectes. Contrairement à la plupart des dirigeants, qui employaient la peur et les tendances agressives naturelles de leurs partisans pour garder le pouvoir, Primabeille inspirait l'espoir, la bienveillance et la tolérance. Fourmuna était ravie d'apprendre que la reine était inventive et ne se limitait pas à son instinct, à la tradition ou aux habitudes.

Tôt un matin, Fourmuna croisa les jumelles près du marais.

— Mirabeille, je dois voir Primabeille. Elle est tellement incroyable !

La fourmi, qui regardait au ciel, baissa soudain les yeux vers le sol.

— Je ne suis pas satisfaite des actions des dirigeants de ma colonie. Toutes les ouvrières s'affairent dur, et leurs sœurs soldates donneraient leurs vies pour nous. Mais ce sont toutes des suiveuses. Aucune d'elle ne peut servir d'exemple.

J'ai besoin de trouver mon inspiration chez une dirigeante qui s'intéresse aux autres.

— Et les fourmis mâles ? demanda Annabeille. Ce ne sont pas eux les intendants ?

Contrairement à la plupart des fourmis sur Terre, les fourmis Formica qui vivaient à la période préhistorique élevaient plus de mâles que le nombre nécessaire pour assurer la reproduction. Alors que les mâles mouraient après l'acte d'accouplement, ceux qui ne trouvaient pas de partenaire vivaient longtemps. Puisqu'ils n'avaient aucune position définie dans la colonie, ils alternaient entre des positions qui leur conféraient une impression fictive d'importance. Par exemple, Généfourm était une énorme fourmi qui aurait probablement dû servir de reproducteur, mais il avait choisi de ne pas s'accoupler pour pouvoir vivre plus longtemps. Sa tête cuivrée était plus rigide et faisait deux fois la taille de celle des autres mâles. En plus, la circonférence de son thorax était si démesurée qu'il était difficile de dire où son abdomen élargi commençait. Cette incertitude était accentuée par la teinte marron-noir estompée que partageaient les deux parties, ce qui le faisait ressembler à une statue en bronze qui aurait subi les intempéries pendant des années.

— Généfourm a l'air intelligent et fort, mais il passe le plus clair de son temps à prévoir de combattre des ennemis si on en rencontre un hexour, dit Fourmuna en haussant son pronotum[11]. C'est le général des fourmis et il s'est battu pour avoir le titre de commandant de toutes les colonies d'insectes.

Sur ce, Fourmuna écarta bien ses pattes antérieures.

— Mais je veux rencontrer quelqu'un qui se préoccupe des autres insectes et veuille nous rassembler paisiblement plutôt que par l'usage de la force.

— Eh bien, Primabeille est le bon insecte, répondit Mirabeille, convaincue. L'entraide, c'est son truc. Et les autres mâles ?

Fourmuna nettoya ses antennes en les passant dans ses soies et en les frottant sur ses pattes avant.

— Je ne sais pas. On dirait qu'ils n'ont aucune tâche importante. Du coup, ils passent leur temps à étudier ou à se préparer à la guerre.

Ils sont vraiment abominables avec les autres femelles et moi-même.

— Ils se fichent des autres insectes qui ne sont pas des fourmis.

— Tu penses qu'ils détestent les abeilles, les coléoptères et les autres insectes ? demanda Annabeille.

— Peut-être pas les abeilles et les coléoptères, mais ils détestent les termites et les araignées, répondit Fourmuna, qui dégagea une senteur abrasive. Ils n'ont pas à se battre pour eux-mêmes puisque tous nos soldats sont des femelles. Les mâles servent de chefs et d'officiers.

Ils adorent nous donner des ordres.

— Mais on pourrait passer une éternité à dire du mâle sur leur compte.

---

11   Partie supérieure du prothorax des insectes.

— Très drôle, Mune, rit doucement Mirabeille. Je vais essayer de t'obtenir une audience avec la reine.

— Ce serait génial ! se réjouit Fourmuna.

Je vais compter les hexours avant d'avoir cette chance.

— Au fait, nos parents nous ont dit, à Annabeille et moi, qu'on va être des butineuses, annonça Mirabeille en pliant ses pattes avant, comme si elle collectait du pollen. Tu sais ce que tu seras en grandissant ?

À ces mots, Fourmuna sentit une vague d'effroi lui déferler dessus. *Je connais la réponse dans ma tête, mais au fond de mon cœur, j'aurais préféré qu'elle soit différente.*

— Je n'ai pas encore eu ma vocation. Ma mère m'a dit une fois que je ferais un bon soldat parce que j'adore me battre. Mais je ne sais pas si je peux passer ma vie à tuer.

Sur ce, Fourmuna s'étira et projeta un peu d'acide formique pour vérifier le bon fonctionnement de sa glande à poison.

— Je suis sûre que tu seras excellente dans ce que tu feras, déclara Mirabeille avec tact. Je n'ai jamais rencontré un autre insecte avec autant d'audace que toi, ajouta-t-elle sans attendre.

— L'audace. En voilà un super mot, sœurette ! Ça va aussi bien à Fourmuna que la nouvelle peau revêtue par un ver, dit Annabeille avec animation.

— Merci, les filles, répondit Fourmuna, qui les invita à faire un câlin collectif d'antennes. Ça représente beaucoup pour moi.

Je n'aurais pas pu trouver de meilleures amies.

Fourmuna avait l'impression de retrouver les sœurs qu'elle avait perdues de nombreux hexois plus tôt, et une vague de tendresse l'envahit. Elle admirait Mirabeille pour **sa sagesse** et sa nature pragmatique, et elle adorait l'enthousiasme débordant d'Annabeille. Les abeilles jumelles voyaient aussi ces qualités chez Fourmuna.

❊ ❊ ❊

Quand les insectes étaient arrivés sur cette planète, aucune pluie n'était tombée pendant plusieurs hexaines. Nombreux furent ceux qui, à cause de la sécheresse, s'inquiétèrent de la survie des plantes déplacées, mais avec son esprit innovateur, Primabeille avait ordonné à tous les insectes de rassembler toutes les graines et tous les germes qu'ils pouvaient trouver, puis de les balancer sur les bords boueux du grand marais situé près de l'essaim. Elle les avait aussi encouragés à utiliser le marécage pour décharger leurs excréments. Contrairement à la matière fécale des humains, celle des insectes contenait des propriétés antibactériennes qui en faisaient un bon fertilisant. Toutes les abeilles avaient aussitôt adhéré au plan. Mais les autres insectes, en particulier les fourmis et les termites, avaient commencé par rejeter l'idée. Ils avaient refusé d'écouter une abeille, même si elle était reine.

Quand Primabeille entendit parler d'une jeune fourmi influente qui l'idolâtrait et voulait la rencontrer, elle accepta immédiatement de la recevoir. Mirabeille et Annabeille conduisirent Fourmuna jusqu'à la ruche pour rencontrer leur reine. La fourmi était surexcitée d'être escortée à travers leur habitation. Elle n'avait pas eu d'audience avec une reine depuis le jour où elle avait déménagé de l'autre côté du nid et abandonné ses sœurs et sa mère. Toutefois, elle se rappelait les bonnes manières que lui avait inculquées sa mère lorsqu'elle était jeune : rester diplomate, s'intéresser aux autres et faire preuve de fermeté si nécessaire.

Fourmuna s'émerveilla devant la magnifique structure de la ruche, dont la plupart des murs étaient bordés d'alvéoles et dont le sol était tapissé de ronds et d'hexagones. Les alvéoles disposaient d'un code couleur qui variait entre différents tons de jaune, d'orange et de marron, avec une transparence qui allait d'une teinte limpide comme l'eau, à une teinte opaque comme la mélasse. Plus elles s'enfonçaient dans la ruche, plus Fourmuna remarquait les variations des arômes qui passaient de la framboise sucrée au chèvrefeuille, des notes de noisette aux épices, ou d'une senteur boisée à une senteur terreuse. Certains sentaient le fromage affiné et d'autres l'herbe coupée. Mirabeille expliqua que Primabeille aimait tester de multiples parfums qui dépendaient de la source du nectar.

L'émerveillement de Fourmuna se poursuivit quand elle vit la reine. *Elle fait deux fois la taille des abeilles que j'ai vues dans ma vie!* L'abdomen allongé de Primabeille donnait l'impression que ses longues ailes étaient petites, et les bandes jaunes et noires de son corps étaient moins nettes, ce qui lui conférait un aspect cuivré. Par rapport aux autres abeilles, la toison de son thorax était moins touffue et les poils de sa tête duveteuse brillaient de points dorés conformes à son statut royal.

— Chère reine, Votre Majesté, c'est un honneur de vous rencontrer.

De l'extérieur, Fourmuna dégageait un parfum raffiné, mais à l'intérieur, elle tremblotait. *Face à un insecte si puissant, l'excitation et la nervosité me bouleversent.*

Allons, ma petite, point de manières, je te prie, répondit Primabeille. Je suis peut-être reine, mais nul besoin de révérence ou de chichis. Je laisse tomber les rimes pour le moment parce que je veux que nous discutions sérieusement.

— Pourquoi? Est-ce que je vais avoir des problèmes? murmura Fourmuna, qui sentit l'anxiété monter en elle. J'espère ne pas vous avoir offensée.

Cela fait si longtemps que j'attends cet hexour, alors c'est vraiment la dernière de mes intentions.

— Au contraire, la rassura Primabeille en recouvrant de son aile le pronotum de Fourmuna. Mirabeille et Annabeille m'ont parlé de toi, et j'ai besoin de ton aide.

À ces mots, les antennes de Fourmuna tressaillirent plus que la fois où Arakfretin lui avait injecté son venin.

— Comment une jeune fourmi comme moi pourrait aider une reine ? demanda-t-elle timidement.

Je ne m'attendais pas à ça.

— Tes amies me disent que tu es une petite fourmi déterminée, dit Primabeille en examinant Fourmuna. Une qui a des opinions bien arrêtées et un sens des responsabilités envers tes congénères insectes. C'est toi qui as été ramenée à la vie par une araignée, n'est-ce pas ?

— Oui, je dois ma vie à Arakfretin, confirma Fourmuna. J'essaye de remplir mes devoirs, mais je suis encore jeune, alors mes actions n'ont pas beaucoup d'impact.

Les antennes de la fourmi se calmèrent.

— Tu as déjà fait plus que la majorité de tes dirigeants pour rapprocher nos familles d'insectes, commença Primabeille. J'entends dire que tu as des amis proches, pas seulement chez les abeilles, mais aussi chez les termites et les araignées. Tes expériences ont servi de leçon à de nombreux insectes. Ils réalisent que les différentes espèces peuvent s'entraider pendant ces temps difficiles. Surtout après l'incident que ton ami Arakfretin aime appeler « le déménagement ». Ce mot me plaît, mais nommons-le plutôt le Grand Déménagement, déclara-t-elle avec un battement bien placé de ses grandes ailes.

— Je suis surprise que nos aînés ne nous aient pas empêchés d'être amis.

Que diraient mes parents s'ils savaient que je m'étais liée d'amitié avec une araignée et un termite ?

— Sur Terre, c'est ce qui se serait passé, expliqua Primabeille. Mais au fond, les insectes savent que nous devons nous serrer les coudes si nous voulons réussir à survivre ici. Nous devons unir nos forces, au moins le temps que notre petit « Îlot Terrien » s'étende.

— Vous *me* citez maintenant, dit Fourmuna qui s'égaya au commentaire de la reine. Je suis flattée, mais comment puis-je vous aider ?

En voilà, une dirigeante que je serais prête à suivre !

— Je ne peux pas forcer tes dirigeants à accepter mes plans, chuchota Primabeille en se penchant vers Fourmuna. Plus j'insiste, plus ils résistent. Mais si tes amis et toi pouvez leur montrer les avantages de mon plan, ils pourraient changer d'avis.

À ces mots, Fourmuna se contracta un peu. *Généfourm et les dirigeants détestent les petites femelles dans mon genre.*

— Mais comment puis-je le leur montrer ?

— J'ai besoin que ton ami Dinomite et toi partiez à l'aventure et que vous prépariez une culture.

Je dois rester calme. Fourmuna hésita.

— Pardonnez-moi, Majesté, mais qu'avez-vous demandé ?

— Tu reprends un ton officiel, et en plus, tu parles en rime, dit Primabeille en souriant.

— Je n'ai pas fait exprès, mais je ne comprends toujours pas, gloussa Fourmuna.

Le rire de la fourmi s'estompa alors qu'elle considérait les paroles de la reine.

— J'ai appris que les fourmis et les termites stockent des champignons dans leurs nids pour s'en nourrir en cas de pénurie de nourriture, expliqua Primabeille. Et les cafards vivent avec les fourmis parce qu'ils adorent ces mêmes champignons.

— Oui, je sais. J'en ai consommé de nombreuses fois, répondit Fourmuna. Les cafards qui sont dans notre nid seraient prêts à faire n'importe quoi pour manger nos champignons.

Mais je ne sais toujours pas ce que vous voulez.

— Au cours des hexours de ma vie où je parcourais la Terre, commença Primabeille en battant un peu des ailes pour mimer ses propos, je suis tombée sur de nombreux marais et marécages où des champignons et des algues se développaient en coopération. Ils s'aidaient mutuellement.

Fourmuna se tint bien droite. *Je dois affirmer mes idées franchement, comme ma mère me l'a appris.*

— Oh, comme ce serait génial que les familles insectes collaborent ainsi !

— Ma petite, tu es vive d'esprit. C'est mon but !

— Et quel est mon rôle là-dedans ? demanda Fourmuna sans détour.

Je veux aider.

— Lors de notre arrivée, aucun champignon ne poussait sur cette planète, continua Primabeille. Mais je suppose qu'il y en a encore dans les nids des fourmis et ceux des termites, ou ce qu'il en reste.

— Oui, nombreux sont ceux qui se sont affaissés, mais il reste certains champignons dans ceux qui ont été épargnés, répondit Fourmuna. Je sais aussi où se situent les galeries écroulées que nous pourrions fouiller.

— Mirabeille m'avait dit que tu étais intelligente, dit Primabeille en souriant et en relâchant une fragrance colorée.

— Vous voulez que Dinomite et moi allions rafler les

champignons dans nos nids ou que nous les déterrions des anciens nids pour les emporter jusqu'au marais ?

Je dois lui montrer que je prends les choses en main.

— Exactement, mais ce n'est pas tout. Nous avons aussi besoin de beaucoup, beaucoup de matière fécale, ajouta Primabeille. Les champignons poussent bien dans les nids parce qu'ils prolifèrent sur un parterre d'excréments.

— Eh bien, cela va être drôle ! Mon ami Arakfretin peut passer son fil dans des casiers pour nous aider à les transporter jusqu'au marécage.

Je suis sûre qu'elle va adorer l'idée.

— Je dirai à tout le monde que nous travaillons sur un projet scientifique.

— Ma petite, à côté de toi, j'ai l'impression d'avoir un dard émoussé, rit Primabeille d'une voix chaleureuse. Je pense que tu sais quoi faire. Quand les autres verront que votre expérience marche si bien, ils vous imiteront.

Sur ce, la reine des abeilles se tint bien droite et battit des ailes pour montrer que l'audience prenait fin.

Fourmuna sortit de cette rencontre plus impressionnée par Primabeille qu'auparavant, et avec un regain d'assurance qu'elle n'avait pas ressenti depuis longtemps. Elle adorait savoir que l'enthousiasme qui l'habitait impressionnait non seulement la reine, mais lui donnait aussi un but qui correspondait à ses ambitieuses valeurs.

Comme Primabeille l'avait prévu, le projet scientifique de Fourmuna et de Dinomite fonctionna à merveille. Et le plan de la reine fut brillamment exécuté. L'algue et les excréments aidèrent les champignons à s'épanouir dans le marécage. Fourmuna et

Dinomite distribuèrent des échantillons à toutes les colonies d'insectes. Tout le monde adora, certains champignons avaient un goût de chocolat et de noisette, d'autres se rapprochaient plus de champignons portobellos légèrement alliacés. En conséquence, on adopta aussitôt le plan de Primabeille. La plupart des colonies d'insectes apportèrent des spores de champignons, des graines et des germes jusqu'aux rives du marais, et tout le monde se mit à y faire ses besoins quotidiennement. La stratégie de Primabeille fut salvatrice. Même si la périphérie s'assécha un peu, les champignons et les jeunes pousses grandirent dans cet environnement bien enrichi dont la berge ressemblait à une oasis. La nouvelle ferme aux champignons de Fourmuna permit d'alimenter la colonie jusqu'au retour de la pluie. Malgré la multiplication de ces champignons, d'autres, qui dépendaient des plantes en décomposition, disparurent. De ce fait, cette perte ralentit l'évolution de la flore. La propagation des plantes dépendait plutôt de l'activité des insectes qui retournaient le terreau et en produisaient à partir des plantes et des arbres en décomposition. En fait, on pourrait dire qu'ils suèrent et s'acharnèrent, et après *double, double, peine et trouble*[12], leur terreau fut maintes fois retourné.

Le marécage brumeux d'Annabeille et la ferme aux champignons de Fourmuna étaient les centres d'approvisionnement essentiels pour que la vie perdure pendant les temps les plus rudes. Grandement reconnaissants de sa contribution à la survie précoce de la colonie, les insectes baptisèrent la planète d'après le système hydroponique essentiel de Primabeille. Ils l'appelèrent Caca-ponique. Les insectes utilisaient leurs excréments pour de nombreuses choses, y compris pour construire

---

12   Extrait de l'incantation des sorcières du *Macbeth* de Shakespeare, repris dans le film *Harry Potter et le Prisonnier d'Azkaban*.

leurs abris, pour attirer des partenaires et pour fertiliser des plantes. Sur Terre, ils les employaient même pour repousser leurs ennemis, bien qu'ils n'aient jamais jeté leur fumier.

※ ※ ※

Tandis que la vie restait difficile durant les premières hexannées après leur arrivée sur la planète, Primabeille encouragea les différentes colonies d'insectes à collaborer. Beaucoup s'inspirèrent de l'exemple donné par Fourmuna et de nombreuses espèces unirent leurs forces. Après le succès de leur expérimentation, la fourmi prévit de faire un exposé devant tout le monde pour inciter davantage à la coopération interespèces. Elle convainquit ses amis d'interviewer plusieurs dirigeants pour parler des façons dont les familles d'insectes s'entraidaient.

D'ailleurs, Fourmuna se porta volontaire pour faire ces premiers entretiens.

— Je vais interviewer les dirigeants des fourmis et des cafards qui habitent dans mon nid. Est-ce que vous pouvez interroger d'autres espèces, les gars ?

Je suis sûre que ça va être amusant !

— Annabeille et moi, on va aller voir Primabeille et la chef des mouches, indiqua Mirabeille en battant des ailes pour montrer sa fierté d'être un insecte volant.

— D'accord, je vais m'occuper des termites et des coléoptères, annonça Dinomite en claquant ses pinces.

— Je suppose qu'il me reste les araignées et les vers, dit Arakfretin en s'abaissant vers le sol.

Cet après-midi-là, Fourmuna partit pour réaliser ses interviews, mais elle eut des difficultés à trouver une fourmi prête à lui parler. Elles ne semblaient pas ravies de voir qu'une jeune fourmi s'acoquinait avec d'autres insectes. Face à ces refus, sa confiance initiale déclina. Heureusement, le second de Généfourm, Fourmaide, qui adorait les champignons savoureux, accepta de la recevoir.

— C'est toi qui as fait l'expérience scientifique et as découvert ces incroyables variétés de champignons, hein? demanda Fourmaide.

— Oui, ils vous plaisent? demanda Fourmuna en se rapprochant prudemment de lui.

Peut-être que ce gars va m'aider.

— Oh, oui, répondit Fourmaide. Je n'ai jamais goûté quelque chose d'aussi bon. Comment t'es-tu dit que cette algue allait enrichir le goût du champignon? continua-t-il.

Une quantité démesurée de salive dégoulinait de ses énormes mandibules.

— Je serai ravie de tout vous raconter si vous pouvez répondre à quelques questions, dit Fourmuna.

Je pense qu'il sera prêt à m'aider.

— Oui, bien sûr, lança Fourmaide en tapotant le pronotum de Fourmuna. Que veux-tu savoir?

— Pourriez-vous me dire de quelles façons les fourmis aident la communauté? demanda-t-elle après avoir rapidement regardé ses notes.

— La communauté des fourmis? demanda Fourmaide.

— Non, tous les insectes, précisa Fourmuna en écartant ses pattes avant.

Oh, oh! Je me suis peut-être trompée à son sujet.

— Oh, ciel! s'exclama Fourmaide en posant sa griffe sur sa tempe. Je vais devoir y réfléchir… Ah, nous déversons nos excréments dans le marécage, nous récoltons autant de champignons que nous pouvons, et les cafards eux aussi en mangent.

— C'est tout? l'interrogea Fourmuna.

Je ne devrais pas obtenir plus d'informations du second de Généfourm ?

Mais encore une fois, son entretien avec un mâle partit en chute libre.

— Oui, mais laisse-moi te déclamer une rime sympa que tu pourras citer, fanfaronna Fourmaide.

— Oui, avez-vous besoin d'un peu de temps pour réfléchir ? proposa Fourmuna.

OK, il va m'aider.

Avec un regard vers la porte, il dégagea une odeur ramollie.

— Mmmh.

Après cinq bonnes hexutes, Fourmaide lui sortit une citation pour son article et se cabra pour appuyer ses mots.

— « Les fourmis sont heureuses de donner leur caca, pour fournir à tous des champignons délicats. »

Presque gênée d'utiliser cette citation, Fourmuna cacha habilement son sentiment dans le rapport phéromonal qu'elle dressait pour l'exercice.

Courageuse, elle partit à la recherche d'un cafard de haut rang pour leur étude. Elle fut contente quand la star des cafards, Cafardini, accepta de jouer le jeu. Lors d'un entretien approfondi, Fourmuna l'amena à expliquer la relation symbiotique entre les fourmis et les cafards.

— Même si les fourmis attaquent certains types de cafards, notre groupe produit des phéromones qui donnent l'impression que nous avons la même odeur que les fourmis, dit Cafardini en se retournant et en relâchant un jet de son odeur agréable.

— Faites-vous cela pour que les fourmis vous aiment ?

C'est marrant de voir à quel point j'ai plus de facilité à parler à un cafard qu'à une fourmi mâle.

— Eh bien, en quelque sorte. Mais nous voulons que les fourmis nous traitent comme les leurs, répondit Cafardini.

— Pourquoi est-ce si important pour vous? demanda Fourmuna en sondant l'air pour détecter l'odeur du cafard.

— Eh bien, je suppose que c'est un désir égoïste, répondit Cafardini, dont les glandes salivaires se gonflèrent. Mais nous adorons les champignons produits dans les nids des fourmis.

— Mais ces champignons sont maintenant accessibles dans le marais, rétorqua Fourmuna en haussant son pronotum.

Je suppose donc que vous n'avez plus besoin de nous.

Cafardini tourna sur lui-même et sembla ne pas savoir quoi dire.

— Oui, mais cela fait si longtemps que nous fonctionnons ainsi. Où irions-nous vivre?

— Quel avantage en retirent les fourmis? l'interrogea Fourmuna.

Nous ne sommes pas du genre à rendre service gratuitement.

— Nous protégeons les œufs des fourmis et leurs larves, mais nous aimons défendre tous ceux qui ont besoin de notre aide au sein de la colonie, expliqua Cafardini en prenant une posture menaçante avec son thorax redressé.

— Pourriez-vous me résumer tout cela en une citation pour notre rapport? demanda Fourmuna en sortant de la craie de sa poche.

— Bien sûr, répondit Cafardini sans changer de position. J'ai une phrase qui explique bien la dynamique entre fourmis et cafards : « Notre musc n'est pas là pour tromper, il participe à la confiance que nous voulons tisser. »

Dans son rapport, Fourmuna rajouta quelques informations qu'elle chercha sur les mesures de protection qu'avait mises en place Généfourm depuis qu'il avait repris le commandement de la colonie.

Annabeille poussa Mirabeille à commencer immédiatement le projet. Comme Fourmuna, elle idolâtrait la reine Primabeille et espérait faire bonne impression au moment de l'interview. Elle savait que sa jumelle monopolisait souvent l'attention dans ces circonstances, mais elle voulait prendre les rênes pour cette fois. Les sœurs programmèrent leurs interviews la même après-midi, et rien d'étonnant, l'idée ravit la reine.

— Que faites-vous pour aider les autres familles d'insectes ? demanda en premier Annabeille.

J'espère qu'elle reconnaît l'initiative que j'ai prise.

— En tant que reine, j'ai fourni du miel aux insectes en détresse, répondit Primabeille en désignant sa vaste alvéole avec ses antennes.

— Waouh ! Incroyable, dit Annabeille en battant vite ses ailes.

C'est si généreux ! En plus, je parie qu'elle essaye d'encourager l'esprit de coopération.

— Et les autres abeilles soutiennent-elles cette action ?

Primabeille vola doucement jusqu'à l'alvéole la plus proche pour vérifier son état.

— Oui, j'ai interrogé nos meilleures ouvrières et nos meilleures soldates, qui ont accepté de partager notre miel avec ceux qui en ont besoin quand les temps sont durs. Les abeilles sont très généreuses, et particulièrement soucieuses des plus démunis.

— Ce programme est-il déjà en place ? l'interrogea Annabeille.

Vous voyez, moi aussi je peux enquêter comme Mirabeille.

Après un regard vers l'entrée de la ruche, Primabeille sécréta une odeur veloutée.

— Oui, après le Grand Déménagement, les temps sont difficiles, alors le miel relève de notre responsabilité.

— Est-ce que ce n'est pas trop dur de vous y coller, si je puis dire, gloussa Annabeille en se léchant les griffes.

Mon sens de l'humour devrait la séduire.

— Tu as raison, Annabeille, dit Primabeille avec un grand sourire. Mais les mouches ont accepté de nous aider à transporter le nectar, ce qui devrait doubler notre production.

— Merci, ma reine, intervint Mirabeille. Pourriez-vous nous donner une phrase à citer dans notre rapport ?

— Bien entendu. En voilà une : « Si tu n'as rien d'autre à manger, notre miel saura te régaler. »

Après avoir tendu la patte dans l'alvéole, Primabeille offrit quelques gouttes de miel aux jumelles.

Alors qu'elles quittaient la ruche, Annabeille se pencha vers sa sœur.

— Merci de m'avoir laissée poser la majorité des questions, sœurette.

— Aucun problème. J'ai bien vu que tu voulais faire bonne impression, répondit Mirabeille.

Les abeilles jumelles poursuivirent leur série d'interviews le lendemain matin. Encore une fois, elles décrochèrent le gros lot en interrogeant l'une des mouches les plus importantes de l'essaim : Altimouche.

À nouveau, Annabeille commença à poser les questions.

— Quels efforts les mouches font-elles pour aider les autres insectes ?

Cette fois, je ne cherche pas à impressionner, mais je suis sur une bonne lancée.

— Eh bien, comme tout le monde le sait, les mouches sont de bonnes citoyennes et donnent un coup de griffe ou d'aile quand on nous le demande, répondit Altimouche. Après le chamboulement, nous avons rencontré pas mal de problèmes, mais nous avons accepté d'aider les abeilles à collecter le nectar pour augmenter la production de miel.

Sur ce, Altimouche fit un bruit de succion pour démontrer comment les mouches récupèrent le nectar.

— Autre chose? demanda Mirabeille.

Ces mouches sont serviables. J'ai toujours aimé cette espèce.

Après avoir regardé autour pour voir si elles étaient écoutées, Altimouche continua.

— L'hexaine dernière, Généfourm nous a demandé si nous étions prêtes à faire des vols de reconnaissance pour observer les mouvements des immigrants et assurer leur sécurité. Nous avons accepté.

— D'accord, c'est super, dit Mirabeille qui détecta l'infime effluve. Est-ce qu'on peut vous citer dans notre rapport?

Altimouche réfléchit d'abord brièvement.

— Oui, voilà ce que j'ai récemment dit à Primabeille : « Faire fonctionner nos mâchoires pour ce nectar est tout un défi, mais une fois préparé, c'est le meilleur moyen de savourer la vie. »

La déclaration de la mouche confirma les attentes confiantes d'Annabeille au sujet de cette espèce. Elles avaient adhéré au projet de collaboration des insectes imaginé par Primabeille, et étaient des immigrantes honnêtes qui mettaient la communauté avant leur individualité.

Dinomite ne commença pas ses interviews avant l'hexour suivant. Il pensait que l'exercice était une bonne idée, mais il était inquiet des réactions qu'il allait obtenir. Bien qu'il ait abordé de nombreux termites, seulement l'un d'entre eux accepta de parler. Il s'aperçut alors que son sujet ne remportait pas tous les suffrages. Du coup, Dinomite approcha prudemment la question avec le capitaine Rusemite, le troisième officier.

— Tu es le gamin qui s'amuse avec des fourmis et des abeilles, lança Rusemite en examinant Dinomite et en dégageant une puanteur acide. Pas étonnant qu'aucun termite ne veuille te parler.

— Mais les termites n'ont-ils pas coopéré avec les fourmis et Primabeille sur le projet de culture des champignons? poursuivit Dinomite.

Je n'y crois pas! Quel abruti! Comme tous les autres.

— Je ne veux pas que tu me cites, mais je vais répondre, dit Rusemite en brossant ses pinces. Les termites avaient déjà prévu de lancer une expérience sur les champignons et les algues quand la fourmi et toi avez fait votre truc.

L'officier termite ricana.

— Bien sûr, nous avons ajouté nos excréments au collectif comme nous avions déjà prévu de le faire de toute façon. Mais nous avons extrait les champignons que nos excréments ont fertilisés pour qu'ils ne soient pas volés.

Dinomite avait l'impression que Rusemite n'avait accepté de lui parler que pour faire le beau. *Je ne pense pas que les termites soient prêts à coopérer.*

Rusemite voulait lui faire comprendre que les termites ordinaires méprisaient les nouvelles directions que prenait la colonie et résistaient à la collaboration proposée par Primabeille entre familles d'insectes, surtout si les fourmis étaient concernées.

Dinomite n'eut pas plus de chance pour décrocher une interview avec un coléoptère de haut rang, parce que cette espèce n'avait pas réellement de chef défini. Après être passé d'arbre en arbre, il trouva enfin un coléoptère connu qui s'appelait Scarabert.

— Alors, Scarabert, que font les coléoptères pour aider les autres insectes de la colonie ? demanda Dinomite.

J'espère que cet entretien va mieux se dérouler.

— Du côté des coléoptères xylophages, nous aidons n'importe quel insecte qui passe, que ce soit sur le sol ou dans le ciel, répondit Scarabert en émettant une senteur embaumante. Nous faisons des trous dans les arbres, et quand il fait humide ou chaud, vous pouvez venir vous y réfugier.

Le coléoptère se tortilla un peu pour montrer comment réussir à se faufiler dans un trou.

— Si vous le souhaitez, vous pouvez y rester pendant des hexours.

— Autre chose ? demanda Dinomite après avoir gribouillé quelques notes.

Au moins, les coléoptères se fichent de savoir avec qui je passe mon temps.

— Je connais la reine des abeilles, répondit Scarabert. Quel est son nom ? Primabeille ? Elle dit à ses abeilles de prélever la sève qui coule des trous que nous perçons lorsqu'elles ne trouvent pas de nectar. C'est bon pour nous. Il y en a suffisamment pour tout le monde. La sève est aussi goûtue et donne de l'énergie pour les longs trajets.

Scarabert regarda alors par-dessus son pronotum.

— J'ajoute que je suis abstinent, mais quand la sève

dégouline et s'accumule sur une pierre, elle fermente. On me dit que ça fait un agréable breuvage.

Sur ce, Scarabert se tourna vers sa cargaison.

— Je vais t'en donner de ce que j'ai collecté l'hexaine dernière, pour que vous puissiez essayer avec tes amis.

Dinomite, ragaillardi par les commentaires du coléoptère, fit passer sa craie d'une griffe à l'autre.

— Super ! Pourriez-vous me donner une phrase à citer dans notre rapport ?

J'ai de l'excellent contenu, là.

— Quoi ? s'étonna Scarabert en ressortant sa tête du trou où il était entré. N'ai-je pas déjà dit assez de choses ?

Sur ce, le cœur de Dinomite s'arrêta, puis il retrouva son calme.

— Juste une rime pour notre histoire, lança-t-il sur le ton de la boutade.

— Oh, d'accord, ricana le coléoptère. Un grand groupe d'abeilles et de mouches ont commencé à chahuter après avoir trouvé un agréable breuvage de sève fermentée. Je les ai vus tituber alors qu'ils s'apprêtaient à retourner vers la colonie. Je leur ai dit : « On dirait que les voltigeurs que vous êtes ont bu de la sève bien corsée, alors avant de partir, venez dans mes galeries piquer un somme bien mérité. » Selon moi, c'était un bon conseil.

Comme Dinomite ne connaissait aucun coléoptère, il n'avait pas su à quoi s'attendre avant l'interview. Pourtant, il avait l'impression d'en ressortir avec une bonne idée de leur attitude générale. Bien qu'il ne soit pas l'un des dirigeants des coléoptères, le comportement de Scarabert reflétait celui de ses camarades. Dinomite en conclut que cette espèce était pudique et que ses membres restaient entre eux, mais qu'ils étaient ravis de partager ce qu'ils possédaient avec les autres insectes. La plupart vivaient et travaillaient dans des arbres sains, mais ne considéraient pas comme une menace les termites, les fourmis ou les cafards, puisque ces autres espèces collectaient généralement les branches tombées.

⁂

Arakfretin attendit presque une hexaine avant de commencer ses interviews. Il avait tiré la plus courte des pailles, et devait enquêter sur le sujet de la coopération interinsectes avec les deux seules espèces de la planète qui n'étaient pas des insectes. Il se doutait que les dirigeants des araignées n'étaient pas intéressés et allaient même être désagréables avec lui. Alors, plus longtemps il procrastinait, plus il pouvait repousser l'inévitable. En fin de compte, Arakfretin interrogea sa mère, Mamarak. C'était un soldat de deuxième rang, et à ses yeux, le sujet parfait. Il décida toutefois de garder son identité anonyme dans le rapport.

Succincte, son interview ne contint que deux questions.

— Maman, que font les araignées pour aider les colonies d'insectes ?

Si quelqu'un a cette information, c'est bien ma mère.

Après s'être approchée de son fils, Mamarak épousseta son plastron avec une tendresse maternelle.

— Eh bien, mon petit Arakfretin, je pourrais sonder mes collègues, mais c'est inutile. Je sais ce qu'ils pensent.

Le fils eut un mouvement de recul. *J'aimerais bien qu'elle arrête de me traiter comme une larve.*

— C'est-à-dire, maman ?

— Nous ferons tout ce qu'il faut pour vous aider à grossir, déclara sa mère avec un sourire entendu et de la salive qui dégoulinait de ses mandibules.

Un effluve glacial refroidit l'air.

Arakfretin reconnaissait que l'opinion de sa mère annonçait un problème qui ne s'était pas encore manifesté. Il n'y avait eu aucun insecte capturé puisque les araignées se nourrissaient encore des corps qui avaient été rassemblés lors des premiers hexours sur la planète. Le futur présageait une impasse pour laquelle même Primabeille n'avait pas de solution. Les araignées mangeaient de la viande. Arakfretin savait que ceux de son espèce pouvaient se montrer amicaux, mais leurs désirs et leurs instincts devenaient primitifs quand ils avaient faim.

La deuxième interview d'Arakfretin se déroula mieux. Mais, tout comme les coléoptères interviewés par Dinomite, les vers n'avaient pas de dirigeant, alors il interrogea le seul qu'il connaissait.

— Alors, Vermicelle, est-ce que tu peux me dire de quelle façon les vers aident les autres familles d'insectes ? demanda Arakfretin.

Je sais que les vers peuvent être assez serviables.

— Bien sûr, mon chéri. C'est nous qui creusons la plupart des tunnels ici, commença Vermicelle en dégageant une odeur confortable. Nous bâtissons des galeries et les cheminées des ruches. Nous déplaçons aussi des pierres. Nous sommes peut-être craintifs, mais nous aimons aider. Personne ne peut dire que nous ne faisons pas notre part ici.

Se balader avec de la terre est tellement répugnant ! Je suis content que les vers s'en chargent.

— Pourrais-tu me donner une citation pour notre histoire ?

— Bien sûr, mon chéri. Tu peux voir que je suis un peu enrobée, dit Vermicelle en contractant ses muscles longitudinaux pour augmenter au maximum sa circonférence. Du coup, lorsque les abeilles ont voulu créer des conduits larges dans les ruches, elles ont fait appel à moi. J'étais ravie de leur rendre ce service. C'est agréable de savoir que ce corps peut servir à quelque chose. Tu peux utiliser ce que j'ai dit à la responsable des alvéoles : « Heureuse que ce gros bidon ait une fonction. Loin du miel, garde la gloutonne, sinon mon nom deviendra Deux-Tonnes. »

La rime fit rire Arakfretin, mais il se mit alors à réfléchir à la façon dont les vers contribuaient à la vie de la colonie. *Comme nous, les araignées, ce ne sont pas des insectes. Mais au moins, les vers n'en mangent pas. En plus, ce sont des soutiens discrets.* En effet, ils ne refusaient jamais l'aide qu'on leur demandait et retiraient une énorme fierté de leur travail. Primabeille cherchait ces mêmes qualités dans les membres qu'elle souhaitait recruter pour la collaboration interespèces.

❦ ❦ ❦

Fourmuna présenta leur rapport à tous les intéressés dans une « galerie publique » installée sur l'esplanade principale, près du marécage. Petite, l'assemblée était principalement constituée d'abeilles, de mouches, de coléoptères et de vers. Bien qu'elle se sentît un peu nerveuse au début, tous ceux qui étaient présents dirent qu'elle s'était incroyablement bien débrouillée, ce qui calma toute l'anxiété que cela avait pu engendrer. Après l'exposé, Fourmuna et ses jeunes amis retournèrent dans le nid de la fourmi pour fêter leur réussite. Dinomite apporta la sève corsée que Scarabert lui avait donnée, et ils la goûtèrent. Ils lui trouvèrent un goût délicieux, comme celui de la sapinette adoucie par du sirop d'érable.

— Merci, Dinomite. Ça m'a aidé à me détendre, confia Fourmuna d'une voix essoufflée.

Mal à l'aise à cause de leurs contributions médiocres,

Dinomite et Arakfretin trouvèrent que la sève leur remontait le moral. Les abeilles jumelles étaient d'humeur à faire la fête, alors elles burent leur part et se retrouvèrent pompettes. Ils passèrent tous du bon temps. Aucun d'entre eux n'exagéra, mais ils eurent tous un mal de tête tenace le lendemain. En ce qui concerne les autres immigrés, les temps difficiles rapprochèrent les insectes bienveillants les uns des autres. Ceux-ci développèrent entre leurs familles des liens qui renforcèrent la communauté. Toutefois, comme l'avait montré l'étude du groupe, certaines amitiés furent plus robustes que les autres.

※ ※ ※

Tandis que le temps passait, la colonie s'organisa. Avec les fermes de champignons au nord des galeries, le marécage devint le point central de la communauté. Avec ses colocataires cafards, la colonie des fourmis de Fourmuna vivait au centre de la berge du marais, près de la ruche principale. Les abeilles bâtissaient rarement leurs habitations en sous-sol, mais Primabeille avait fait ce choix par mesure de sécurité. Sur Terre, elle avait vu d'autres abeilles employer cette méthode et n'avait vu aucune raison de s'en priver. Elle voulait aussi que la nouvelle colonie coopère, et avait donc mobilisé les vers pour qu'ils s'occupent de creuser la ruche souterraine, puisque les abeilles n'avaient pas ces capacités.

Un hexour, Fourmuna trouva Mirabeille, mouillée et tremblotante, qui se faisait dorer juste à l'extérieur de la ruche.

— Salut, Fourmuna. La pluie m'a trempée, ce matin. Ça me prend une éternité de sécher mon manteau duveteux, se plaignit Mirabeille en bégayant.

Fourmuna se secoua un peu, comme si elle creusait.

— Mirabeille, est-ce que ça te fait bizarre d'aller sous la terre pour rentrer dans ta nouvelle ruche ?

À ta place, j'aurais peur de salir mes ailes.

— Un peu, répondit l'abeille, qui se mit ensuite à réfléchir. Mais après ce qui est arrivé aux guêpes, je me sens plus en sécurité sous la terre.

Annabeille sortit de la ruche juste à temps pour entendre la question.

— Primabeille a dit que le miel y serait aussi plus en sécurité. Mais qui voudrait le voler ?

— Au moins, elle a demandé aux vers de creuser les tunnels, dit Mirabeille. Je n'avais pas envie de m'y atteler. La fois où je me suis faite enterrer quand on est arrivés m'a suffi.

— Je suis contente qu'ils aient installé la nouvelle ruche à côté de notre nid, déclara Fourmuna en sécrétant une senteur délicieuse. C'est comme si on était voisines.

J'adore avoir mes nouvelles M.A.A. (meilleures amies abeilles) si près. On est inséparables.

— Oui, et bien évidemment, Généfourm a insisté pour avoir le nid des fourmis et des cafards au centre du marais, se moqua Annabeille.

— Eh bien, tu le connais, reconnut Fourmuna. Il obtient toujours ce qu'il veut.

Je suis embarrassée par le comportement de mon compère fourmi.

— Et vous avez cette magnifique jungle de palmiers de l'autre côté, fit remarquer Mirabeille en pointant l'est.

— Ouais, c'est là-bas que les mouches dorment la nuit, répondit Fourmuna.

Je n'arrive pas à croire qu'elles restent dehors toute la nuit.

Fourmuna savait que les mouches se rassemblaient dans les palmiers de l'autre côté du nid que se partageaient les fourmis et les cafards parce que cette espèce préférait ne pas aller sous la terre. À la place, Altimouche et ses camarades dormaient souvent sur le ventre des feuilles des palmiers voisins. Les feuilles de ces arbres étaient longues et permettaient aux mouches de s'y attrouper pour se protéger de la pluie. Elles aimaient aussi le pied des palmiers qui se trouvaient à l'est du nid des fourmis et des cafards. Altimouche encourageait les mouches à se nourrir et à pondre là-bas, du côté nauséabond du marais, où les champignons étaient les plus odorants. Fourmuna supposait que ces champignons-ci absorbaient l'algue turquoise qui était prédominante de ce côté du marais. Les champignons empestaient autant que la chair décomposée des animaux et des fruits, leur régime habituel. Ils renfermaient aussi des protéines dont les mouches et leurs larves avaient besoin pour survivre. Cette alimentation était donc vitale pour elles puisqu'elles ne pouvaient plus trouver de bouses d'animaux ou de carcasses en décomposition. Leurs champignons empestaient peut-être, mais gardaient leurs ventres remplis.

— De l'autre côté, on a les vers comme voisins, continua Mirabeille. C'est sympa de les avoir à proximité puisqu'ils creusent les tunnels pour nous.

— J'ai entendu dire qu'ils avaient choisi la façade ouest, chuchota Fourmuna en se rapprochant des abeilles et en sécrétant un effluve subtil. Parce qu'ils voulaient être loin des mouches.

Je me demande si elles connaissent l'histoire.

À ces mots, Annabeille trembla légèrement. Plus Fourmuna observait ses mouvements, plus elle constatait l'empathie qu'elle avait pour les vers.

— Oui, Vermicelle m'a dit qu'ils avaient peur des mouches, expliqua l'abeille.

— Quand ils étaient encore sur Terre, ils ont eu une

expérience horrible avec une famille de pollénies dont les larves ont tué certains d’entre eux, expliqua Fourmuna.

Je suis sûre que cette histoire va effrayer Annabeille.

— Qu’est-ce que tu veux dire ? demanda celle-ci en laissant échapper une vapeur pulsatile.

— Les larves des mouches se sont faufilées à travers la terre et se sont fixées aux vers, expliqua Fourmuna en faisant claquer ses mandibules. Puis elles sont entrées dans leurs corps et les ont dévorés de l’intérieur.

Je pense que ça va la faire paniquer.

— Pas étonnant qu’ils aient peur d’elles, dit Annabeille en se figeant d’incrédulité.

— Oui, j’ai entendu parler de cette histoire, mais ça n’arrive qu’avec les pollénies, la rassura Mirabeille. Les larves des mouches domestiques ne mangent pas les vers de terre. Alors ils ne devraient pas les craindre.

— Mais les mouches domestiques ressemblent aux pollénies, fit remarquer Annabeille, qui se remit à trembler.

Elle est terrifiée. Je ferais mieux de changer de sujet.

— Hé ! Pourquoi elles sont appelées mouches domestiques alors qu’elles dorment dehors ?

— Sur Terre, elles mangent les crottes d’animaux et les carcasses, expliqua Mirabeille.

L’abeille était très fière des excellentes connaissances qu’elle avait sur l’alimentation des mouches.

— Alors elles entraient dans les tanières des animaux, les cavernes et les nids pour en chercher.

— Et maintenant, elles mangent les champignons malodorants près de la jungle, dit Annabeille en rétractant ses antennes pour obstruer ses capteurs olfactifs.

— Est-ce que tu as entendu que Dinomite et les autres

termites de sa termitière ont rejoint une autre famille dont le nid est près de celui des vers? raconta Mirabeille pour faire la commère.

— Oui, ils sont à l'extrémité ouest de la colonie, près de sa termitière qui s'est affaissée, répondit Fourmuna.

Pauvre Dinomite, j'imagine à quel point ça doit être dur pour lui.

— Mais cette fois, ils ont construit leur termitière en souterrain au lieu de laisser une butte en surface, annonça Mirabeille.

— Intelligent, admit Annabeille.

— J'ai entendu dire que les vers leur avaient proposé de creuser, mais ils ont refusé, ajouta Mirabeille.

— Ouais, se moqua Fourmuna en haussant son pronotum. Ils ont dit qu'ils savaient déjà creuser. Que c'était comme ériger un monticule, mais à l'envers.

Au moins, ils ont tiré une leçon de leur erreur, je pense.

Toujours aussi perspicace, Fourmuna en avait déduit que les termites n'avaient pas besoin d'aide, mais ne voulaient pas non plus voir les vers traîner chez eux. Malgré l'amitié que Primabeille avait rapidement nouée avec les vers, de nombreuses familles d'insectes faisaient preuve d'une profonde méfiance vis-à-vis de cette espèce, car ils n'avaient pas de pattes et ne ressemblaient en rien aux insectes. Cependant, les vers ne dérangeaient personne et n'étaient pas hostiles.

— Et Dinomite s'y plaît? demanda Annabeille.

— Non, il a du mal à trouver sa place, grommela Fourmuna.

J'aurais bien aimé pouvoir l'aider.

— Les nouveaux jeunes termites sont très sectaires.

— C'est vraiment dommage, dit Mirabeille. Et du côté d'Arakfretin et des autres araignées?

— Elles se sont dispersées un peu partout, dans différents arbres et buissons, indiqua Fourmuna.

Je suis contente qu'elle ait changé de sujet.

Comme le savait bien Fourmuna, Arakfretin et ses camarades araignées, à l'image des mouches, n'aimaient pas vivre sous terre. Ils vivaient dans des arbres et des buissons qui étaient éparpillés dans la colonie, mais évitaient les rives du marais puisqu'ils abhorraient les champignons. Nombre d'entre eux s'étaient rassemblées dans le verger de pommiers situé après le marécage, au nord de la termitière. Arakfretin avait expliqué à Fourmuna que les araignées vivaient sur leurs toiles, qui devaient être tendues dans des arbres ou des buissons, sur le passage des insectes volants.

Durant les premiers hexours, les araignées n'avaient rencontré aucune difficulté, car elles se nourrissaient des nombreux insectes tués au moment du Grand Déménagement. Alors que nos jeunes insectes découvraient les alentours au gré de leurs déambulations, cet hexour-là, les araignées avaient eu la sagesse de collecter le plus grand nombre des carcasses qui avaient jonché l'espace. Elles les avaient enveloppées pour les garder un certain temps. Après en avoir rassemblé une grande quantité, les araignées avaient passé un long moment sans chasser. Elles s'étaient délectées de ces repas pendant des hexaines. Elles les avaient d'abord liquéfiées, puis avaient aspiré le liquide dans leur intestin antérieur pour le stocker avant de le faire passer dans leur intestin postérieur. L'envie de manger revenait uniquement quand celui-ci était vide. Le dicton des araignées allait à jamais rester : « Rien dans le ventre, faut que ça rentre. »

— J'espère qu'Arakfretin a trouvé de la nourriture, comme les araignées sur la plage, dit Mirabeille.

— Oui, même s'il était triste pour son père, sa mère l'a

forcé à rassembler quelques carcasses, expliqua Fourmuna en se frottant le ventre. Il avait un énorme ventre la dernière fois que je l'ai vu.

— Avec autant de guêpes et autres insectes morts, la plupart des araignées devraient avoir des ventres bien remplis, dit Annabeille en gonflant le sien.

— Oui, et je suppose que c'est pour ça que Généfourm ne les a pas obligées à quitter la colonie, déclara Mirabeille. Je n'ai pas encore entendu parler d'attaques d'araignée ou de quelqu'un qui se soit pris dans une toile.

Mirabeille suggéra qu'elles se décalent vers l'est parce que l'étoile solaire bougeait et les plongeait désormais dans l'ombre.

— Ça ne devrait prendre que quelques hexutes supplémentaires. Je suis presque sèche.

Après un regard vers l'arbre qui projetait l'ombre, Annabeille continua son interrogatoire concernant les résidents de la nouvelle planète.

— Et les coléoptères ? Où est-ce qu'ils sont allés ?

— Oh, ils sont dans le coin, mais ils n'aiment pas les champignons, répondit Fourmuna. Ils sont presque tous dans la forêt qui se trouve derrière les nids.

Je ne connais aucun coléoptère, mais je sais qu'ils travaillent dur et font avancer les choses.

Scarabert et les coléoptères xylophages vivaient dans un grand bosquet de séquoias alignés le long du côté sud de la colonie, à l'opposé du marécage. Ce groupe d'arbres s'étendait au sud de la ruche centrale et au sud-est des nids des fourmis et des cafards. Généralement, les coléoptères se contentaient de percer l'écorce, mais si l'arbre était vieux et fragile, ils finissaient par le traverser et l'abattre.

— Je ne connais pas beaucoup de coléoptères, continua Annabeille. Ils restent entre eux.

— Eh bien, on peut les remercier pour leur délicieuse sève corsée, ajouta Mirabeille sur un ton enjoué. Elle fermente uniquement après avoir dégouliné des trous creusés par les coléoptères.

— Ouais, on devrait dire à Dinomite d'aller rendre visite à Scarabert pour en avoir encore, gloussa Fourmuna.

Si seulement on pouvait rester ainsi amis toute la vie !

Après le rôle qu'ils avaient joué dans la production de sève corsée, les coléoptères aidaient aussi à disperser les graines de séquoias. Ils disposaient leurs larves dans des pignes de séquoia, dont la chair était mangée par les jeunes insectes, ce qui faisait éclater la coque et disséminait les graines. Scarabert se vantait souvent que son éclosion avait arrosé le sol forestier de graines de pomme de pin pour célébrer sa venue au monde. Tandis qu'ils se contentaient le plus souvent de percer l'écorce et d'aider la forêt en éparpillant les graines et en abattant les vieux arbres, ces coléoptères contribuaient à maintenir la bonne santé des bois. De nombreux coléoptères, Scarabert inclus, vivaient dans ce groupe d'arbres, mais s'aventuraient plus loin pour trouver des séquoias en mauvais état qu'ils pouvaient détruire, ce qui leur permettait d'établir des avant-postes dans toute la zone.

Bien que l'Îlot Terrien présentât une superficie de cinq kilomètres carrés, les dégâts qu'avaient subis les nombreux nids et ruches des insectes les forcèrent à partir ou à reconstruire. Quand les insectes constatèrent le succès des fermes aux champignons dans le marécage, tout le monde souhaita vivre à proximité. La colonie du marais était le lieu idéal, alors tous les insectes terriens migrèrent là. Primabeille et les autres dirigeants furent ravis de les accueillir. Plus ils avaient d'excréments, plus la ferme aux champignons était productive. Les insectes de chaque espèce étendirent donc leurs habitations pour loger tout le monde. Fourmuna identifia alors le sentiment général : « *On ne peut qu'accepter quand tu viens déféquer* ».

CHAPITRE 3

LES EXPULSIONS COMMENCENT

Qu'est-ce qui naît des rancunes, des rumeurs,
des tromperies et des faux-semblants ?
La colère, l'amour, la haine et la duplicité,
Qui volent nos efforts sincères et remplacent
nos sourires par des combats incessants.

APRÈS QUE DES hexannées furent passées, les amis désormais adolescents réfléchirent à ce que le futur leur réservait et s'interrogèrent sur ce qu'ils allaient faire une fois adultes. Puis ils reçurent des nouvelles préoccupantes qui anéantirent leurs beaux rêves. Les aînés des termites interdirent à Dinomite de fréquenter des membres d'autres espèces, au grand désarroi de Fourmuna.

— Ça va à l'encontre de tout ce pour quoi on s'est battus, se plaignit la fourmi, levant ses pattes avant de frustration. Et ils ont arraché ce pauvre Dinomite à ses amis.

— Tu sais qu'il est un peu plus vieux que nous, répondit Arakfretin, qui essayait de trouver à la situation un semblant de justification. Je suppose qu'ils le préparent à rejoindre l'armée. Ils combattent presque toujours les fourmis, alors ils veulent sûrement lui rappeler de quel côté il doit être.

J'aurais aimé pouvoir la consoler.

— Ce n'est vraiment pas juste! s'offusqua Fourmuna. Pourquoi on doit toujours se faire la guerre? On est sur une nouvelle planète, là. Est-ce qu'on ne pourrait pas changer nos habitudes?

— Ouais, ma famille me regarde bizarrement, dit Arakfretin d'un ton sérieux. Et je sais ce qu'ils pensent : « Pourquoi tu joues avec ces femelles alors que tu devrais les manger? »

Oups, je n'aurais pas dû dire ça.

— Tu ne le ferais pas, hein, Arakfretin? demanda Fourmuna, dont le front se plissa.

L'araignée la fixa. *Je n'en reviens pas qu'elle me pose la question. Ne lui ai-je pas déjà prouvé mes sentiments?* Mais il réalisa alors que sa réaction venait plus de son côté parano que de sa peur. Il décida alors de la rassurer.

— Jamais, même pas en rêve, je ne pourrais vous attaquer, Dinomite, les jumelles abeilles ou toi.

Sur ce, Fourmuna lui fit un petit sourire.

— Mais les araignées ont besoin de viande, continua Arakfretin.

Elle doit comprendre que c'est compliqué pour moi.

— Et je me suis contenté de beaucoup de graines et de pollen ces derniers temps. J'aime bien aussi les champignons des rives, mais ma mère dit que je ferais mieux de les éviter parce que leurs spores peuvent nous rendre malades.

À ce moment-là, Mirabeille et Annabeille volèrent jusqu'à eux avec d'importantes nouvelles.

— Fourmuna, j'ai un message d'un ami de Dinomite, annonça Mirabeille avec un parfum blafard. Il dit que notre ami veut nous retrouver, mais la rencontre doit rester secrète.

— Il veut qu'on vienne à la bûche creuse, près du pommier où la ruche était autrefois. Vous connaissez l'endroit ?

Après une hexonde, Fourmuna sourit.

— Oui, mon père m'y emmenait pour goûter au miellat des pucerons, mais je n'en ai pas vu depuis le Grand Déménagement.

— C'est tout près de la vieille armoise qui abrite ma toile, dit Arakfretin en se rapprochant de la fourmi. Là où j'ai aperçu Fourmuna pour la première fois avec la guêpe sur le dos.

Juste avant qu'on devienne tous amis.

— Quand est-ce qu'il veut qu'on se retrouve ? les interrogea Fourmuna.

— Ce soir, après le coucher de l'étoile solaire, répondit Annabeille.

— C'est déjà l'après-midi ! bafouilla Arakfretin en agitant ses huit pattes. On va devoir partir maintenant si on veut arriver à l'heure.

Elle ferait mieux de s'abstenir de nous proposer d'y aller en volant.

— Ne vous inquiétez pas ! s'exclama Mirabeille en battant rapidement des ailes. Annabeille et moi, on peut vous transporter. Ça sera bien plus rapide en volant.

— Oui, j'ai adoré notre dernier vol, se réjouit Fourmuna.

Arakfretin lâcha une vapeur flottante et s'éloigna du groupe.

— Eh bien, d'accord. Mais j'espère que tu ne voleras pas trop haut.

Même si marcher serait préférable, à mon avis.

— Ouais, ne t'inquiète pas, Arak, bourdonna Annabeille. On t'emmènera là-bas en un seul morceau.

— On viendra vous chercher dans deux hexeures, annonça Mirabeille avec un sourire pour montrer son approbation.

Pendant ce temps, à la caserne des termites, Dinomite subissait des remontrances de son supérieur. Bien qu'il ait fait des erreurs de débutant, son nouveau rôle l'excitait. Il considérait avoir un nouveau but avec l'armée, qu'il voyait comme un moyen de remplacer les relations qu'il avait perdues quand sa termitière s'était effondrée.

— Tu vas devoir retrouver la forme, soldat, et oublier tes habitudes enfantines, lui ordonna Sergemite.

— Oui, bien sûr, Sergemite, répondit Dinomite en se mettant au garde-à-vous.

Est-ce qu'il me prend encore pour une nymphe?

— C'est «Oui, chef», soldat, le réprimanda Sergemite en pulvérisant une puanteur consistante.

— Oui, chef, répéta Dinomite en se tenant aussi droit que possible.

D'accord, d'accord. Je déteste toutes ces règles.

— Et tu dois oublier tes amis cinglés, ordonna Sergemite. On ne veut pas que tu copines avec l'ennemi.

— Ce n'est pas…

Ah, je ne peux pas dire un truc pareil.

— Oui, chef.

— C'est bien, soldat. Et habitue-toi à dire «Oui, m'dame» quand tu croises les officiers femelles, grommela Sergemite.

— Oui, m'dame? bafouilla Dinomite qui était impatient de partir. Euh, oui, chef!

❦ ❦ ❦

Plus tard, Mirabeille et Annabeille retournèrent chercher Fourmuna et Arakfretin. La fourmi trépignait d'excitation, mais l'araignée semblait avoir un teint un peu verdâtre. Arakfretin avait instinctivement peur de voler parce que les oiseaux étaient les principaux prédateurs des araignées sur Terre. Alors, dans sa tête, s'il se retrouvait dans le ciel, c'était pour servir de repas à un oiseau ou à ses petits.

— OK, passagers du vol. Est-ce que vous êtes prêts ? leur demanda Mirabeille.

— Ouais, j'ai déjà mis mes ailes, gloussa Fourmuna en agitant ses pattes du milieu.

— Je suppose, dit Arakfretin en reculant et en se plaquant contre le sol.

Si j'y suis obligé, je vais le faire.

— Eh bien, montez ! s'exclama fièrement Annabeille en battant des ailes.

Lorsque Mirabeille l'attrapa avec ses griffes, Arakfretin frémit et ferma les yeux.

Sur ce, ils décollèrent en direction de l'ouest et avancèrent vers l'étoile solaire déclinante. Les quatre amis parlèrent peu sur le trajet. Fourmuna profita de chaque hexonde du vol pendant qu'Arakfretin gardait les yeux fermés, impatient d'atterrir. La fourmi demanda s'ils pouvaient aller plus vite, mais Arakfretin insista pour qu'ils volent plus bas. Alors que la lumière de l'hexournée baissait, et que les abeilles accéléraient en diminuant leur altitude, Annabeille et Fourmuna volèrent droit dans une toile d'araignée. La propriétaire de la toile était une énorme femelle qui n'avait pas mangé depuis des hexours.

— Oh, non ! Annabeille s'est prise dans une toile ! cria

Mirabeille en sécrétant une puanteur poignante. Cette monstrueuse araignée va s'en prendre à elles.

— Je connais cette araignée, déclara Arakfretin en ouvrant pour la première fois d'aussi grands yeux. C'est Araknéa. Elle est horrible.

Jamais je ne pourrais la vaincre. Elle me mangera pour son dîner.

Araknéa s'approcha de Fourmuna, qui était la plus proche, et de la salive à l'odeur aigre se répandit sur ses chélicères.

— Qu'est-ce qu'on a là? Une abeille accompagnée d'une fourmi.

L'idée de perdre Fourmuna et Annabeille à cause d'une araignée, une de ses semblables, inquiétait Arakfretin. Pourtant, il savait qu'il ne pouvait pas raisonner avec une araignée qui salivait à la vue de sa proie. *Qu'est-ce que je peux faire? Qu'est-ce que je devrais faire?*

Araknéa fonça sur Fourmuna, qui resta figée à cause du choc et de la toile collante hélicoïdale. Mais Annabeille se libéra, s'interposa entre elles et brandit son dard.

— Plus près, et tu goûteras à *mon* venin!

L'espace d'un instant, Arakfretin admira le courage d'Annabeille. *Je suppose qu'elle va reculer à la vue du dard.* Le soulagement l'envahit quand il réalisa qu'il n'allait peut-être pas devoir intervenir.

Au début, Araknéa ralentit sa progression, mais en un éclair, elle cracha sur Annabeille et la paralysa en la faisant basculer sur le dos. Puis l'araignée avança furtivement et enveloppa l'abeille de sa soie.

Mirabeille vola aussi vite qu'elle put pour foncer dans le lien qui retenait la toile d'un côté. Le fil principal cassa, ce qui fit basculer toute la toile et tomber Annabeille sur le sol en contrebas. Cependant, la toile recouvrit Fourmuna, qui se retrouva encore plus empêtrée, tandis qu'Araknéa se propulsait du côté opposé de la structure hélicoïdale.

— Je suppose que ce côté-ci est devenu le centre, conclut cette dernière.

Après s'être dégagé de Mirabeille et avoir sauté de l'autre côté de cette toile de secours, Arakfretin cria sur Araknéa.

— Ne la touche pas, espèce de brute ! Sinon je…

Je ne peux pas la laisser toucher Fourmuna !

— Oh ! l'interrompit Araknéa en se dressant sur ses deux pattes arrière. Toi aussi, tu as faim, Menufretin ? Tu as du culot de me menacer. Qu'est-ce que tu vas faire ? lança-t-elle avec un sourire narquois.

— Je vais te casser la filière[13], saleté ! hurla Arakfretin.

Tu ne peux pas t'en prendre à mon amie !

— Menufretin, j'ai entendu dire que ton jet de fil est si ridicule que tu ne pourrais même pas vaincre un puceron, se moqua Araknéa.

Soudain, Fourmuna sortit de sa stupeur et se dégagea, puis chargea la grosse araignée.

Sous la toile, Annabeille, qui se démenait pour se libérer, cria plus fort qu'un orchestre entier de criquets au moment du coucher de soleil.

— Nooooonnn !

Arakfretin répandit alors une puanteur grésillante. *Elle ne va pas faire attention à moi, avec tout ce bazar.* Sur ce, il vida complètement sa poche à venin sur une pelote de fil qu'il avait produit depuis leur arrivée.

— C'est Arakfretin, sale sorcière ! hurla-t-il en lançant son

---

13   Organe qui produit le fil de l'araignée.

projectile qui atteignit Araknéa entre les deux yeux et la fit tomber de sa toile.

La grosse araignée convulsa pendant un temps, étourdie et immobile sur le sol, à côté d'Annabeille. Le corps bien droit, Arakfretin sourit et rayonna d'une nouvelle fierté. *Je t'ai bien fait payer!*

— Tirons-nous d'ici! hurla Annabeille, qui s'était complètement dégagée.

Après avoir détruit la toile abîmée, elle attrapa Fourmuna.

— Oui, m'dame, répondit Mirabeille en descendant en piqué pour récupérer Arakfretin.

Au cours du trajet dans les airs, Fourmuna regarda Arakfretin, qui, les yeux écarquillés, était monté sur le dos de Mirabeille et se tenait aussi droit que possible.

— On dirait que le mot « fretin » a pris une tout autre signification avec toi, Arak.

Avec un grand sourire, Arakfretin regarda en arrière. *Je suis peut-être menu, mais on peut compter sur moi.* Puis, lorsqu'ils arrivèrent au rondin creux, il se pencha vers Fourmuna.

— À quoi tu pensais en fonçant sur Araknéa comme ça? Elle t'aurait broyé en une hexonde.

— Je voulais la distraire parce que je savais que tu étais un super tireur, répondit Fourmuna avec un sourire. À partir de maintenant, je vais t'appeler Fretin, mais pas parce que tu es menu.

Arakfretin sentit sa poitrine se gonfler de fierté. Sa relation avec Fourmuna lui était chère. Il était passé d'un moment où il était dépourvu d'amis à un autre où il se trouvait avec les meilleurs amis qu'il aurait pu imaginer. *Personne ne me privera de mes amis.*

Quand le groupe arriva au lieu de rendez-vous, Dinomite sortit de la bûche creuse.

— Les amis! dit-il. Je suis trop content que vous ayez pu venir. Je n'étais pas sûr que le message vous avait été passé.

Je suis excité de voir mes amis. Mais est-ce que ce sera la dernière fois?

— Bien sûr qu'on est venus, affirma Fourmuna. On a traversé des marécages et des charbons ardents pour venir te retrouver.

— Des charbons ardents! gloussa Dinomite après avoir frappé le sol. Est-ce que tu as encore mis le feu aux poudres, Mune?

C'est un sacré bolide! Elle va me manquer.

— Non, mais laisse-moi te raconter ce qu'a fait Arakfretin! s'exclama Fourmuna.

— Une autre fois, Mune, intervint l'araignée, embarrassée. Écoutons pourquoi Dinomite nous a dit de venir.

— D'accord, Dino. Qu'est-ce qu'il y a? demanda Fourmuna, désireuse d'entendre les contraintes qui allaient impacter leur amitié.

— D'abord, laissez-moi saluer les sœurs abeilles, dit Dinomite en se rapprochant de Mirabeille et d'Annabeille. Salut, les filles! Vos manteaux duveteux m'ont manqué.

Il cherchait à les distraire, pour qu'ils n'en viennent pas trop rapidement au sujet qu'il voulait éviter autant qu'il fuyait l'eau. *Cette situation est douloureuse pour moi sur bien des aspects.*

— Oh, Dino ! Tu vas nous faire rougir, bourdonna Annabeille.

— Comment va ma drôle de fourmi blanche? demanda Mirabeille.

Les jumelles abeilles se rapprochèrent de Dinomite pour lui faire un double câlin.

Ravi de cette attention, le termite sentit une vague de tendresse l'envahir, ce qui lui rappela leur amitié si particulière. Il savait qu'il devait aller droit au but. *Si je n'aborde pas le sujet maintenant, je n'y arriverai peut-être jamais.*

— Pas si bien. Je suppose que vous savez qu'ils m'ont convoqué pour intégrer l'armée. L'enfance est finie pour moi.

Les choses ne seront plus jamais les mêmes entre nous.

— Oui, on a appris, répondit doucement Arakfretin. Ça doit être horrible pour toi.

Dinomite partit à droite, puis fit demi-tour.

— Ne vous faites pas de souci. J'aime la vie militaire.

Mais son humeur changea d'un coup du tout au tout.

— Mais c'est dur de ne pas voir ses amis.

En particulier, Fourmuna, qui m'a sauvé la vie.

Dinomite adorait sa vie à l'armée. Après avoir perdu ses parents et la majorité de sa communauté lorsque la branche avait détruit sa termitière, il considérait les camarades de son unité comme sa nouvelle famille.

— Je suppose que tu ne peux plus passer nous voir, en déduisit Fourmuna en tremblant.

Une larme tomba de son œil.

— Ou bien, est-ce que tu auras des permissions?

— Non, ils ne veulent plus que je côtoie d'autres insectes, annonça le termite d'une voix chevrotante.

Ce n'est pas juste, mais c'est ma nouvelle vie.

— Alors, c'est un au revoir? demanda Annabeille en reniflant.

— J'en ai bien peur, confirma Dinomite en déglutissant.

Ça me fait mal de perdre mes amis, mais j'aime la direction que prend ma vie.

— Eh bien, faisons en sorte que nos adieux ne soient pas si tristes, insista Arakfretin. Souvenons-nous des bons moments.

— Comme quand Dinomite a interviewé Scarabert et nous a rapporté la sève corsée pour la goûter! s'exclama Fourmuna. J'aurais aimé en avoir.

— Et quand on a rencontré Dino et que Mune l'a réprimandé d'être allé piquer une tête, ajouta Mirabeille.

À ce moment-là, six termites de l'unité de Dinomite débarquèrent brusquement dans la bûche creuse. Dinomite vit en premier son ami Armite auquel il avait demandé de contacter Mirabeille.

— Qu'est-ce qui se passe, Armite? l'interrogea Dinomite. Je t'ai dit de garder le secret.

Je ne comprends pas.

Avec un effluve de lâche, son camarade avoua avant que Grandmite entre dans le rondin.

— Grandmite a insisté pour que je lui dise où tu étais allé. Tout le monde va se faire réprimander si l'un de nous est en retard au couvre-feu. Alors il a dit qu'on devait immédiatement venir ici pour te ramener à temps.

Dinomite savait que Grandmite était un termite de taille imposante, presque deux fois plus grand que lui, avec un ego qui équivalait à sa carrure. Bien que ce fût une simple recrue, il utilisait sa taille pour dominer nombre de ses camarades d'unité. Le termite faisait de son mieux pour atteindre les plus hauts échelons de la hiérarchie parmi ses pairs. Dinomite détestait l'arrogance de cet insecte et résistait à tout prix à son influence. Il évoluait autour de dirigeants inspirants et ingénieux, pas de ceux qui utilisaient la force brute et la contrainte pour accéder au pouvoir. *Je sais qu'ils suivent Grandmite, non parce qu'ils le respectent, mais parce qu'ils le trouvent intimidant.*

— Laissez les autres partir, mais attrapez cette fourmi ! déclara Grandmite en pointant Fourmuna de la patte et en lâchant un relent consistant.

— De quoi tu parles ? Je viens tout de suite, supplia Dinomite.

Je déteste devoir suivre ce tyran !

— On va ramener la fourmi comme prisonnière et montrer à Sergemite ce qu'on fait à leur espèce, insista Grandmite.

Dinomite savait que le termite le détestait presque autant qu'il haïssait les fourmis.

— C'est notre seule excuse pour expliquer notre retard.

Deux des termites se précipitèrent et attrapèrent Fourmuna, qui se débattit et les frappa avec force. Surpris par sa fougue, les deux comparses trébuchèrent en arrière. Mirabeille et Annabeille s'élancèrent toutes les deux vers leur amie et menacèrent les termites de leurs dards.

— Touchez-la et vous finirez en brochette ! aboya Mirabeille en brandissant son aiguillon.

— Attention ! s'exclama Arakfretin.

Deux autres termites soldats s'approchaient des abeilles par derrière. L'araignée cracha alors sur l'un d'eux, ce qui le fit basculer et l'étourdit.

— D'accord, tuez-les tous ! hurla Grandmite en fonçant vers les abeilles.

Dinomite remarqua que les autres termites s'immobilisaient, sous le choc d'un ordre auquel ils ne s'attendaient pas. *Voici ma chance !* Et avant même qu'on s'aperçoive qu'il bougeait, il fit trébucher Grandmite. *Ils ne vont pas mettre la main sur Fourmuna ni sur aucun de mes amis.*

— Personne ne tue qui que ce soit ici, à moins que Grandmite veuille être le premier à y passer, dit-il d'une voix distincte et sifflante.

Ses mandibules étaient placées autour du cou de Grandmite. Après quoi, une vapeur volatile envahit l'air.

— Non, Dinomite, je t'en prie, l'implora Grandmite, qui savait bien qu'il le tenait dans une étreinte mortelle. Je ferai tout ce que tu veux. Épargne-moi hexourd'hui, et je ferai ce que tu dis.

— Tire-toi d'ici avec tes acolytes et laisse-moi dire au revoir à mes amis, grogna Dinomite.

Puis, quand les autres termites sortirent précipitamment de la bûche creuse, il lâcha Grandmite.

— Tu as intérêt à tenir ta promesse, lui dit Dinomite. Et assure-toi que tout le monde tienne sa langue sur ce qui s'est passé ici.

Sinon, je fermerai mes mandibules la prochaine fois.

Plus blafard que n'importe quel termite qui se devait de muer, Grandmite s'extirpa du rondin.

— Je le ferai… euh, j'y veillerai, je le promets.

Une fois Grandmite parti, Dinomite se tourna vers ses amis.

— Ça a toujours été un abruti, alors je suis content de l'avoir remis à sa place.

Tandis qu'il pensait à l'autre termite, de la bile remonta dans sa gorge.

— Les autres ne sont pas horribles et feraient n'importe quoi pour moi. Mais je ferais mieux d'y retourner si je veux respecter le couvre-feu.

J'espère vous revoir.

De retour à la colonie, Mirabeille et Annabeille se montrèrent plus réservées que d'habitude. Elles firent attention à ne pas propager l'histoire d'Arakfretin, qui avait refroidi Araknéa, mais elles discutèrent de la façon dont Annabeille et Fourmuna s'étaient fait prendre dans une toile et s'en étaient échappées. Ce récit appuya les autres retours d'information de fourmis et d'autres insectes qui avaient récemment été capturés par des araignées. Leurs ventres n'étaient plus pleins, alors elles se remettaient en chasse.

Après avoir réalisé que les araignées posaient problème, Généfourm rencontra son meilleur commandant à propos de la menace croissante et demanda à celui-ci de lui dresser un rapport.

Sur ce, Fourmaide résuma la situation à son supérieur.

— Généfourm, les araignées sont à nouveau à l'affût. De nombreux insectes de la colonie sont comptés absents.

— Oui, Fourmaide. On ne doit pas les laisser si près et leur permettre de nous attaquer à leur guise, affirma Généfourm.

Je savais que ce danger allait arriver, mais ça me permettra de tester l'efficacité de mes troupes.

— Qu'est-ce que vous proposez de faire à ce sujet ? demanda Fourmaide en se rapprochant de Généfourm.

— On doit les bannir de la colonie et les repousser vers les nouvelles terres, répondit Généfourm.

Cela lui permettait d'exprimer ce qu'il désirait depuis si longtemps.

— Est-ce que vous êtes sûrs qu'on peut réussir à les repousser ? l'interrogea Fourmaide.

— Oui, on est plus incisifs et astucieux, affirma Généfourm d'un ton confiant. On peut les surprendre.

Allez! J'ai hâte!

En effet, cette prévision tenait à la fois compte des qualités des fourmis et des préparatifs de Généfourm.

— Est-ce que vous avez quelque chose de particulier en tête? demanda Fourmaide.

Généfourm expliqua alors la stratégie qu'il avait élaborée depuis l'arrivée des insectes sur cette planète.

— Oui, à partir de demain, envoyez nos soldats chaque matin attaquer les nids des araignées gestantes. On va détruire les œufs et massacrer les petits bébés qui éclosent.

— Oui, c'est très astucieux, commandant, répondit Fourmaide. On devrait déployer des équipes de six fourmis. Elles pourront pulvériser la mère avec de l'acide formique, ce qui la paralysera.

— Oui, réduisez la mère en pièces et utilisez aussi l'acide formique pour brûler les œufs.

L'air ambiant se chargea d'une odeur menaçante. *Une bouillie de bébés araignées. Je me l'imagine bien.*

— On pourrait bien perdre un ou deux soldats dans l'opération, continua Fourmaide. Mais on pourra détruire des centaines d'œufs lors de chaque attaque.

— Le général sait ce qui est mieux! se vanta Généfourm. Alors on les aura là où sont leurs œufs!

※ ※ ※

Quand les assauts commencèrent, les mères araignées ne restèrent pas à regarder et massacrèrent quelques fourmis pendant qu'elles défendaient leurs petits. Toutefois, seules, elles ne pouvaient pas se défendre contre les nombreuses fourmis que Généfourm avait déployées. Avec leurs chélicères, les scytodes ou araignées cracheuses projetaient un fil chargé de venin qui étourdissait et piégeait leurs proies. C'était une technique offensive qu'elles utilisaient pour attraper un seul insecte sur ou en dehors de sa toile, mais c'était aussi un moyen de se défendre. Cependant, cette stratégie ne fonctionnait pas quand plusieurs fourmis attaquaient une araignée. Arakmadam, la commandante de l'armée des araignées, savait que les mères restantes étaient affolées à l'idée de perdre leurs bébés. Alors cela ne l'étonna pas lorsqu'elles demandèrent des représailles rapides.

En réponse aux tactiques offensives de Généfourm, Arakmadam organisa une conférence stratégique avec son premier officier, Mamarak, et lui demanda un rapport sur la situation.

L'officier demanda donc des conseils sur la question.

— Arakmadam, les soldats de Généfourm ont attaqué nos nids et les mères araignées paniquent.

— Je sais, mais les mères doivent montrer plus d'agressivité, soutint Arakmadam. Les fourmis s'en prennent aux bébés. On doit utiliser notre salive pour tuer, et non étourdir !

Les fourmis ne seront jamais une réelle menace pour les araignées supérieures que nous sommes.

Arakmadam put percevoir la détresse de Mamarak quand elle détecta un effluve friable.

— Elles essayent, mais elles se font attaquer par plusieurs fourmis, répondit Mamarak. Et ces fourmis projettent de l'acide formique.

— Oui, mais on peut leur cracher notre venin dessus à distance, rétorqua Arakmadam.

Je refuse d'accepter que des fourmis puissent nous vaincre.

— Ça fonctionne pour une ou deux fourmis, mais pas

pour la demi-douzaine présente lors de ces attaques, répliqua Mamarak.

— Je suppose que les fourmis attaquent les mères gestantes parce qu'elles évitent nos toiles.

On doit peut-être mettre en place des défenses supplémentaires.

— Oui, voilà ce qui se passe, ma'am, confirma Mamarak.

— D'accord, incitez nos soldats à quitter leurs toiles et à tendre des embuscades aux fourmis qui attaquent, ordonna Arakmadam.

Elle employait une tactique bien huilée qui fonctionnait très bien pour les araignées qui chassaient en solitaire.

— On forcera les fourmis à partir en leur faisant sentir notre salive brûlante !

Même si Arakmadam pensait avoir trouvé un excellent plan, les araignées étaient des chasseuses solitaires, alors cette stratégie allait à l'encontre de leur nature. En effet, la possibilité de se tuer entre elles n'était pas nulle si cela leur garantissait un bon repas. Elles étaient également aveugles et attrapaient leurs proies grâce aux vibrations produites par les mouvements des insectes. Même si cette technique était parfaite pour se nourrir, elle ne fonctionnait pas bien pour les embuscades. Les araignées échouèrent encore plus lamentablement lorsque Généfourm découvrit ce qu'elles faisaient.

Après avoir appris les nouvelles tactiques des araignées, Fourmaide retrouva Généfourm.

— Général Généfourm, il semblerait que les araignées rassemblent leurs meilleures cracheuses pour tendre une embuscade à nos équipes d'assaut, déclara-t-il.

— Ne vous inquiétez pas, Fourmaide, elles ne se sont pas

entraînées à appliquer cette tactique. J'ai quelques idées qui vont réduire leurs tentatives à néant, répondit Généfourm.

Ce nouveau plan éveilla la curiosité de Fourmaide.

— Ah oui ? Je suis tout antennes, général.

— D'abord, ajoute nos plus grands cerveaux aux groupes d'assaut, expliqua Généfourm. Double le nombre de fourmis en mettant six pulvérisatrices et six télépathes. Et informe-les de se mettre en formation triangle.

— S'il vous plaît, continuez vos explications. Je ne suis pas sûr de comprendre comment ça va nous aider.

Je ne doute pas des capacités de Généfourm, mais j'ai besoin de précisions sur le fonctionnement de ce dispositif.

— Ces araignées sont presque aveugles. Elles crachent en suivant leur instinct dès qu'elles détectent un mouvement, précisa Généfourm. Avec une formation en triangle, de nombreuses araignées vont tirer leur projectile sur la fourmi de tête.

— Judicieux, chef. Et pour les télépathes ? demanda Fourmaide.

Je ne comprends pas. De quelle façon elles pourraient aider ?

Bien qu'il fût impitoyable envers ses ennemis, Fourmaide savait que Généfourm était tolérant et patient avec ses subalternes.

— Souviens-toi que nos meilleures fourmis cargo pouvaient transporter jusqu'à cinq mille fois leur poids sur Terre, commença Généfourm. Ce n'était pas parce qu'elles étaient plus fortes que vous ou moi. C'est parce qu'elles utilisaient la télépathie pour déplacer ces charges. Sur Caca-ponique, la gravité est dix fois moins importante que sur Terre. Alors maintenant, nos meilleures télépathes peuvent soulever des objets cinquante fois plus lourds qu'elles.

Le commandant fit un clin d'œil à son subalterne.

— J'appelle ça la manipulation mentale d'un arthropode.

— C'est incroyable, mais à quoi ça va servir dans un tel affrontement ? demanda Fourmaide.

Je suis emballé à l'idée d'apprendre au contact du maître.

Sur ce, Généfourm agita ses pattes avant, comme s'il jetait quelque chose.

— Je sélectionne les meilleurs soldats avec les aptitudes télépathiques les plus affûtées pour une équipe spéciale. Je les ai entraînés non seulement à porter, mais aussi à lancer des objets.

— Du coup, ces fourmis peuvent jeter des bâtons et des cailloux pour écraser les araignées ?

Je crois comprendre.

— Oui, mais elles peuvent aussi balancer des pierres dans n'importe quelle direction, poursuivit Généfourm. Les araignées cracheront dans la direction des vibrations produites par la chute des projectiles.

— Je vois. On doit juste lancer des cailloux pour faire trembler le sol tout autour. Puis les araignées cracheront partout et s'abattront entre elles, dit Fourmaide.

Je le savais. Cette fourmi est un génie.

— Bien expliqué, major, vous êtes un excellent élève. Les araignées utiliseront beaucoup leur puissance de feu contre leurs camarades. Et quand elles seront étourdies ou qu'elles auront gâché leur salive, on les pulvérisera, on bondira et on les mettra en pièces, répondit Généfourm.

À ces mots, Fourmaide détecta une senteur stridente qui émanait de son supérieur.

Le plan de Généfourm fut extrêmement efficace, et les embuscades des araignées se révélèrent donc catastrophiques. Fourmaide fut ravi de rapporter que de plus en plus de mères et de bébés araignées avaient succombé à leurs attaques à l'acide formique. Il pouvait dire que toute la communauté des araignées était troublée par l'incompétence de leur armée et craignait que sa famille soit la prochaine à disparaître. D'ailleurs, il jubila quand Arakmadam et les araignées se retirèrent dans les terres situées en périphérie de la colonie.

Alors qu'il supervisait une ultime attaque meurtrière, Fourmaide entendit Arakmadam se lamenter.

— On perd trop de sœurs et de frères, et encore plus de bébés et de mères. Fuyons cet espace avant leur coup de masse.

Ainsi, Généfourm, Fourmaide et leurs équipes d'assaut bannirent les araignées de la colonie. La plupart survécurent, mais logèrent dans des zones excentrées de l'Îlot Terrien originel, quoiqu'en dehors des limites de la colonie.

❦ ❦ ❦

Fourmuna, Mirabeille et Annabeille retrouvèrent une dernière fois Arakfretin avant le bannissement. La fourmi essaya de trouver du soutien pour monter un mouvement anti-bannissement, mais l'idée de s'opposer à Généfourm terrifiait tout le monde. Les insectes avaient aussi l'impression que les araignées s'en tiraient bien. Elles n'auraient plus accès au marécage, même si elles n'aimaient pas les champignons. Si elles voulaient étancher leur soif, elles pouvaient s'abreuver dans d'autres zones humides au-delà de l'Îlot Terrien. Elles allaient aussi se retrouver éloignées de leur source de nourriture, mais comme les insectes constituaient l'élément indispensable de leur menu, cet arrangement ne posait aucun problème aux membres de la colonie.

— Arakfretin, on a tenté de mettre un stop à cet exil, mais on n'a trouvé aucun soutien pour notre plaidoyer, se lamenta Fourmuna.

C'est sans espoir, et même moi, je ne peux rien y faire. Elle avait si peur pour la vie d'Arakfretin qu'elle fut incapable de cacher la terreur qu'exprimait sa voix.

— Je m'y attendais, mais merci d'avoir essayé, soupira Arakfretin.

— Qu'est-ce que tu vas faire, Feu ? demanda Annabeille d'une voix tourmentée.

L'araignée se tint bien droite et gonfla le thorax pour montrer son corps embelli.

— Vous avez sûrement dû remarquer que j'ai connu une poussée de croissance ces derniers hexois. Mes dirigeants l'ont vu. Quand la rumeur s'est répandue que j'étais celui qui avait refroidi Araknéa, je pensais que ça m'attirerait des problèmes. Mais à la place, on m'a enrôlé. Il semblerait que notre armée s'élargisse au cas où la colonie d'insectes nous attaque à nouveau.

— Mais qu'est-ce que tu vas manger ? pleurnicha Mirabeille.

Elle réalisait que le bannissement allait séparer Arakfretin de sa source de nourriture.

— Oh, ne t'inquiète pas. L'armée des araignées nourrit ses soldats, déclara Arakfretin en dégageant une odeur apaisante.

— Tu vas nous manquer, Arakfretin, déclara Fourmuna.

Je n'arrive pas à croire que je perds à nouveau un ami. Puis, bien trop brusquement, des souvenirs de Dinomite déferlèrent dans sa tête, ce qui décupla sa tristesse.

— Vous aussi. Mais quand il faut y aller, il faut y aller, répondit Arakfretin.

Il essayait de prendre le sujet à la légère.

Arakfretin prit dans ses multiples pattes ses trois plus proches amies, puis se retourna et partit précipitamment.

— Au revoir, mon ami à huit pattes, murmura Fourmuna.

Je dois retenir mes larmes.

Après avoir expulsé les araignées de la colonie, Généfourm tourna son attention vers les termites. Eux et les fourmis étaient deux espèces très sociables. Mais comme l'avaient montré les interviews de Dinomite et les actions de ses camarades d'unité, les termites ne se liaient d'amitié qu'entre eux et doutaient des autres insectes. Les fourmis étaient sympathiques avec ceux qui ne les mangeaient pas ou ne les affrontaient pas. Néanmoins, elles prenaient souvent les rênes d'une situation, alors leurs meilleures relations se cantonnaient à celles qu'elles entretenaient avec des insectes qui aimaient obéir. De l'autre côté, les termites détestaient suivre des ordres donnés par d'autres insectes, en particulier par les fourmis, qui se battaient pour la même nourriture qu'elles.

Peu de temps après, Annabeille et Mirabeille volèrent jusqu'à Fourmuna lorsqu'elles la virent rentrer dans son nid.

— Vous commenciez hexourd'hui, hein ? les félicita Fourmuna avec un grand sourire. Alors, comment s'est passé votre premier butinage ?

— C'était génial. On a même frétillé quand on est revenues dire aux autres où aller, dit Annabeille avec animation.

J'ai enfin trouvé ma vocation.

— On a localisé une tonne de fleurs à la limite est de l'Îlot Terrien, se gargarisa Mirabeille. Il y avait même d'autres fleurs qui poussaient sur les nouvelles terres.

— C'est super ! Je suis tellement contente pour vous ! s'exclama Fourmuna.

— Mais Mune, on doit te raconter ce qu'on a entendu de la bouche des autres butineuses, insista Mirabeille en se dandinant vers la fourmi.

Bien que les abeilles soient amicales et ne fassent pas de mal à une mouche ou à un autre insecte, à moins d'être provoquées, elles comméraient. Les abeilles avaient une expression favorite : *Ça bourdonne ?* Ce qui pouvait se traduire en : *Vous avez un truc croustillant ?*

— Oh, je suis tout antennes. Qu'est-ce que ça bourdonne ? gloussa Fourmuna.

— C'est à propos de Généfourm et des termites, intervint Annabeille, qui était ravie de répandre les commérages.

Je parie que tu ne devineras jamais.

— Dis-moi vite ! s'écria Fourmuna en trépignant.

— Sur Terre, un groupe de termites a tué le père de Généfourm, expliqua Annabeille. Depuis, il déteste ces insectes. Alors, notre équipe de butineuses a travaillé avec une escouade de mouches l'hexaine dernière. Et l'une d'elles a dit que Généfourm a demandé à Altimouche, le commandant de l'équipe de reconnaissance, de doubler la surveillance des termites.

Alors ? Tu en dis quoi ? Personne ne peut battre mes compétences en commérage.

— Pour quelle raison ? demanda Fourmuna, qui était désormais aussi immobile qu'une mante religieuse.

— Une de nos camarades butineuses nous a confié qu'Altimouche a dit à Généfourm que les termites avaient engagé des discussions secrètes avec les araignées, ajouta Mirabeille. Apparemment, les araignées voulaient que les termites leur apportent tous les corps de fourmis ou d'abeilles qu'on stocke dans nos morgues.

— Je ne comprends pas. C'est quoi, l'avantage pour les termites ? dit Fourmuna en se grattant la tête.

Après avoir regardé autour d'elle, Mirabeille sécréta une odeur diffuse.

— En échange des fourmis et des abeilles mortes, il semblerait qu'il ait été décidé que les araignées ne cracheraient pas sur les termites qui partent à la recherche de nourriture.

— Notre abeille espionne nous a informées qu'Altimouche a prévenu Généfourm que les termites ont même promis aux araignées de les tenir au courant dès qu'elles savaient que des équipes de fourmis sortaient pour chercher de la nourriture, intervint Annabeille.

Je parie qu'on ne peut pas faire mieux que cette information.

— De cette façon, elles pourraient aussi trouver de la viande fraîche.

— Et bien, voilà de bons ragots, les filles! s'extasia Fourmuna. Est-ce qu'elles savent ce que Généfourm compte faire?

Mirabeille pouvait voir que Fourmuna était inquiète des conséquences qu'allaient avoir les décisions du commandant pour les termites et leur cher ami Dino. *Je suppose qu'elle sait que Dino va devoir aller au combat.*

— Généfourm veut que ses mouches espionnes observent les termites qui livrent des corps ou transmettent des informations aux araignées, indiqua Annabeille.

L'abeille fit la même manœuvre qu'une libellule fondant vers l'eau pour capturer sa proie.

— Il espère les prendre sur le fait.

— Comment ont-elles toutes ces informations? se demanda Fourmuna. Est-ce que Généfourm et Altimouche ne préféreraient pas garder tout ça secret?

Après s'être rapprochée de la fourmi, Mirabeille émit une fragrance babillante.

— Généfourm a retrouvé en cachette Altimouche au milieu d'une parcelle dense de vigne de l'autre côté de la jungle de palmiers des mouches. Ils pensaient être seuls, mais une abeille de notre groupe était fourrée dans une rose trémière pour collecter du nectar. Elle a patienté et a tout entendu de cette intéressante conversation.

— Waouh ! Elle a réussi à entendre malgré la vigne ! s'exclama Fourmuna.

— Tu sais ce qui se passe quand des abeilles femelles se trouvent ensemble ! cria Annabeille. On a bourdonné avec enthousiasme.

Quelle hexournée ! Non seulement on a déniché du nectar, mais on a aussi obtenu de super ragots.

※ ※ ※

Après quelques hexois où ils échouèrent à surprendre les termites qui complotaient avec les araignées, Généfourm abandonna cette tactique. À la place, il interdit aux termites d'aller chercher de la nourriture là où les araignées se réunissaient. Lorsque les insectes en question refusèrent d'obéir, Généfourm ordonna aux termites de mettre un terme à leurs expéditions. Ceux-ci ne respectèrent pas la consigne de *rester-dans-la-colonie*, alors des altercations éclatèrent entre les soldats fourmis et les termites errants. Lorsque Généfourm les menaça d'appliquer la loi martiale et d'assigner de nombreux termites à résidence, ces derniers se révoltèrent. Le général des termites, Mordremite, ordonna d'abord à ses camarades d'organiser des excavations et d'arrêter de travailler. Quand il entendit parler de la menace de la loi martiale, il changea de direction et prévit de lancer une rébellion généralisée.

Après avoir entendu parler de la colère de Mordremite, les

sœurs abeilles retrouvèrent à nouveau Fourmuna, qui récoltait des champignons sur les bords du marais.

— Salut, Mirabeille et Annabeille. Est-ce que vous avez amassé plein de nectar hexourd'hui? demanda la fourmi en tendant ses antennes vers les abeilles.

— Non, mais on a encore de bons ragots, répondit Annabeille.

Elle était fière d'avoir d'autres nouvelles à partager.

— Qu'est-ce que ça bourdonne? les supplia Fourmuna.

J'espère que ce ne sont pas encore de mauvaises nouvelles pour Dino.

— Tu te souviens quand on t'a dit pourquoi Généfourm détestait les termites? lui rappela Mirabeille avec un grand sourire. Eh bien, maintenant, on a l'info sur Mordremite.

— Ne faites pas durer le suspense, les filles, dit Fourmuna en s'agitant. Dites-le-moi.

J'ai hâte de savoir.

— Eh bien, Mordremite a perdu sa mère et son oncle à cause d'une querelle avec des fourmis au sujet de pucerons et du miellat qu'ils produisaient, commença Annabeille.

— Au sujet de pucerons? s'étonna Fourmuna.

Je n'y crois pas.

— Oui, une colonie de fourmis avait un troupeau de pucerons qu'elles exploitaient pour leur miellat en leur frottant l'abdomen, expliqua Annabeille.

— On faisait ça avec mon père! s'exclama Fourmuna.

Elle était ravie de se remémorer une précieuse expérience vécue avec son père.

— Le miellat est si délicieux ! En plus, les pucerons adoraient qu'on leur frotte le ventre avec nos antennes.

Peut-être que je comprends, maintenant.

Annabeille se secoua brièvement et s'essuya les pattes avant sur ses ailes pour enlever le pollen.

— On dirait que c'était l'association parfaite.

— Ouais, on les massait, confirma Fourmuna en souriant. Et ainsi, ils sécrétaient tout ce qu'on pouvait manger. Tout le monde était content.

Le sourire de la fourmi s'estompa. *Cette époque me manque.*

— Mais c'est quoi, le miellat, exactement? demanda Mirabeille.

— C'est dégoûtant, mais les pucerons aspirent la sève du phloème[14] des bourgeons.

Je suis impatiente de leur dire la suite.

— La sève, c'est le truc sucré qui tient lieu de nectar, et on mange le miellat quand ils font caca.

— Si ça ressemble au nectar, je vois pourquoi vous voulez traire ces petites bestioles, rigola Annabeille. Et l'orifice par lequel ça sort m'importe peu.

— Exactement! Mais continuons sur le sujet de Mordremite, insista Fourmuna.

Dites-moi ce que ça implique pour Dino.

— Les termites se sont nourris tout l'hiver sur le petit buisson où les pucerons vivaient, expliqua Mirabeille. Ils l'ont tellement endommagé que les pucerons sont partis pour trouver un autre endroit au moment du printemps.

— Ouais, continua Annabeille en agitant ses pattes. Quand les fourmis ont découvert que les gentils pucerons étaient partis, elles se sont mises en colère.

— Qu'est-ce qu'elles ont fait? demanda Fourmuna.

Ne me dites pas qu'elles les ont tous massacrés.

---

14   Tissu conducteur de la sève.

— Elles ont attaqué les termites et ont tué la mère et l'oncle de Mordremite au cours d'un gigantesque combat, précisa Mirabeille.

— Et maintenant, Mordremite peste contre la loi martiale que Généfourm a proposé d'appliquer, poursuivit Annabeille en battant des ailes. Ce qui ravive les vieilles rancœurs.

— On dirait qu'ils prévoient de résister avec plus de vigueur, et Mordremite pourrait agir de façon démente, conclut Mirabeille.

Un relent décousu se répandit autour d'elles.

— Ça ne sent pas bon, répondit Fourmuna.

Adieu, le plan de Primabeille, qui voulait une société où les insectes coopéraient! Et qu'est-ce que ça veut dire pour Dino? Je ne l'ai pas vu depuis des hexois.

CHAPITRE 4

DES AMITIÉS PERDUES

L'amitié ne dévoile-t-elle pas notre essence ?

À travers tendresse, humour, ou douce présence.

Mais elle peut se faner quand l'épreuve survient,

Que l'amour disparaît et que la lumière s'éteint,

Ainsi, l'obscurité prévaut et règne la violence.

LE CAPITAINE RUSEMITE et son supérieur direct, le commandant Maximite, se réunirent en tête-à-tête avec leur chef, le général Mordremite. Rusemite respectait son général, mais comme Maximite, il méprisait la personne de Mordremite.

— Commandant, je vous ai appelé parce que je veux que vous formiez une équipe de choc avec nos meilleurs combattants, déclara le général en fixant Maximite.

— Vous avez un plan pour mettre un terme à la menace de Généfourm d'appliquer la loi martiale ? demanda Maximite avec un air dubitatif.

— Oui. Est-ce que Généfourm pense que les termites vont suivre ses directives, juste parce que les fourmis sont sans pitié ? répondit Mordremite en dégageant une puanteur irritante.

— Bien sûr que non, dit Maximite. Ses directives sont ridicules. Alors, qu'est-ce que vous proposez ?

Rusemite resta silencieux. *Je sais que je dois intervenir uniquement si on me pose une question.*

— On doit organiser un coup d'État pour se débarrasser de ce scélérat de Généfourm ! s'exclama Mordremite. Si on reste au sein de cette colonie, on doit mettre un termite aux commandes de l'armée interinsectes.

— Je suppose que vous voudriez jouer personnellement ce rôle ? en déduisit Maximite. Je vous apporte pleinement mon soutien. On ne peut pas faire confiance aux fourmis pour nous traiter justement.

— Capitaine Rusemite, je vous ai fait venir parce que je veux que vous aidiez Maximite à sélectionner les meilleurs soldats pour cette mission, continua Mordremite.

— Oui, chef ! Général Mordremite, je serai heureux d'assister le commandant, répondit honnêtement Rusemite.

Toutefois, c'était rare pour lui de dire la vérité. *Je ferai tout pour décrocher ma promotion.*

— Au fait, j'ai entendu parler de cette recrue, Dinomite, qui se bat comme un vélociraptor, dit Mordremite en levant les yeux de son parchemin avec un sourire. Je sais qu'il n'a aucune expérience, mais je veux qu'il fasse partie de l'équipe. Intégrez-le à votre unité pour pouvoir le superviser.

— Oui, chef! accepta Rusemite. Excellent, chef! Je le connais.

Ce gamin ? J'espère que c'est une blague.

— Les insectes en charge du recrutement l'ont affecté à

mon groupe de formation. Je suppose que vous avez entendu dire qu'il l'a emporté contre une recrue de deux fois sa taille alors qu'ils se disputaient pour une fille ?

Je me doute que vous ne savez pas que la fille en question était une fourmi !

— Oui. Dans le cadre de cette opération, on a besoin de soldats avec ce genre de cran, déclara Mordremite.

Rusemite ne révéla pas au général qu'après avoir entendu parler de sa dispute avec Grandmite au sujet d'une fourmi, il avait envoyé Dinomite suivre un programme intensif qui visait à lui conditionner le cerveau pour lui insuffler la haine des fourmis. Bien qu'il se doutât que Dinomite avait encore des sentiments pour Fourmuna, Rusemite savait que le programme avait semé des graines dans son esprit pour qu'il considère les fourmis comme des adversaires malintentionnés.

*** *** ***

Afin de récompenser les termites qui avaient intégré l'équipe clandestine de Mordremite, les capitaines leur promirent une permission de quelques hexours avant qu'ils commencent à s'entraîner pour leur mission. Dinomite profita donc de ces congés donnés pour convenir d'un autre rendez-vous avec Fourmuna et les sœurs abeilles près du tronc creux. Il était tiraillé parce qu'il voulait s'amuser avec ses amies, mais il prévoyait de mettre un terme à leur amitié. Du coup, Dinomite les retrouva lors de son deuxième hexour de congé, qui était aussi celui des jumelles abeilles, découvrit-il.

Fourmuna et les abeilles arrivèrent près du rondin à l'heure prévue, juste avant la mi-hexournée.

La fourmi repéra Dino, qui mâchait de la sciure trouvée au sommet du tronc.

— Dino, je n'en reviens pas que tu nous aies dit de revenir ici. Tu ne vas pas t'attirer des ennuis ?

— Non, mes camarades et mes supérieurs ont été impressionnés quand les hauts gradés m'ont intégré à une équipe de combat d'élite, frima Dino. Personne ne doute de moi ou de mes activités.

Je ne m'attire plus de problèmes.

— C'est génial, Dino ! Tu sais quelle sera ta mission ? demanda Annabeille.

— Non, ils ne nous en ont pas encore parlé, ricana Dinomite. Mais c'est secret. Je n'aurais pas la permission de vous en parler, même si je le savais.

Afin de poursuivre leur conversation, il invita les autres à le suivre dans le rondin creux. *On ferait mieux de ne pas discuter à l'extérieur.*

— Mirabeille et Annabeille m'ont raconté des histoires curieuses qu'elles ont entendues au sujet de Généfourm et de la surveillance des termites, commença prudemment Fourmuna.

Elle espérait pouvoir obtenir des précisions.

— Tu penses que ton affectation a un rapport ?

— Je ne sais pas, dit Dinomite d'un ton dédaigneux. J'ai entendu dire que les termites étaient espionnés. Mais ça ne m'étonnerait pas de cet infect général fourmi.

Je sais que les fourmis sont horribles.

À ce commentaire, Mirabeille bomba le thorax et regarda son ami droit dans les yeux.

— Généfourm pense que les termites complotent avec les araignées contre les fourmis.

— C'est n'importe quoi ! rétorqua Dinomite en répandant un relent bilieux. Quand est-ce que vous avez eu vent de ça ?

Généfourm est un tyran. Je le sais très bien !

— On l'a appris sur le terrain, révéla Annabeille en dégageant un effluve nauséabond.

Dinomite ne cacha pas le regard dubitatif qu'il lança à son amie pour lui faire bien comprendre qu'il n'aimait pas l'accusation qu'elle portait.

— Ne crois pas tout ce que tu entends de la part de vieilles abeilles commères.

Je dirais même, surtout si ta source était une fourmi.

— Bref, fais attention à toi, ajouta Fourmuna. On ne voudrait pas que tu te fasses couper la tête dans une bataille ridicule qui découlerait des haines d'autrefois.

— Oui, j'ai entendu ces histoires sur les vilaines fourmis qui ont massacré la famille de Mordremite, dit Dinomite en détendant un peu les muscles de son corps. Et je connais également les reproches de Généfourm.

Il n'y a rien de nouveau dans ce que vous me dites.

— Je pensais que les plans de Primabeille et notre coopération après le Grand Déménagement changeraient les rapports des insectes, déclara Fourmuna en baissant la tête. J'ai bien peur qu'on n'ait pas réalisé à quel point notre planète est en danger. Si on ne laisse pas tomber les vieilles rancunes, on va tous mourir.

— Au train où vont les choses, on ferait mieux de rester avec les membres de notre espèce, conclut Dinomite.

Ce que j'ai récemment appris.

— Soyez réalistes, les termites et les fourmis ne se mélangent pas. À part toi, Mune.

— Voilà qui règle la question! Les femelles abeilles devraient gouverner Caca-ponique! s'exclama Mirabeille.

L'abeille essayait d'apaiser la tension palpable dans l'air.

— Ouais, sœurette! Tu as bien raison! jubila Annabeille.

— Très juste, concéda Dinomite.

Je ne partage pas ce point de vue, mais c'est une excellente diversion.

— Eh bien, on est très contentes d'avoir pu te revoir, ajouta Fourmuna avec une voix remplie d'espoir. J'espère qu'on pourra se retrouver à nouveau après ta mission secrète.

Soudain, Dinomite se dirigea vers l'extérieur du tronc.

— Salut, les filles ! On se verra quand je pourrai.

Mais laissez-moi vous dire que ce n'est pas pour demain !

～ ～ ～

— Il était un peu froid quand il est parti, fit remarquer Mirabeille.

Avec sa sœur, elles ramenèrent Fourmuna à la colonie.

— Pas de câlin ni d'au revoir prolongé.

— Je suppose qu'il préférait ne pas penser au fait que ça pourrait être le dernier, suggéra Fourmuna en reniflant.

Sur ce, elle resta un long moment silencieuse pour réfléchir.

— Que ce soit par la force des choses ou par choix.

La fourmi suspectait déjà Dinomite de vouloir mettre un terme à leur amitié, mais elle se fit la promesse de ne jamais abandonner son ami. Qu'importe la distance qu'il mettait entre eux. Pour elle, il faisait partie de sa famille, coûte que coûte.

～ ～ ～

Dinomite s'entraîna pendant trois hexaines avec deux cents termites qui allaient être impliqués dans la mission. Chacun d'eux passa par des exercices variés, sans savoir quelles allaient être leurs ultimes tâches. Le chef d'équipe de Dinomite leur avait dit que leurs affectations exactes ne leur seraient communiquées que deux ou trois hexaines avant l'opération. Dinomite continuait aussi son programme de conditionnement, qui était devenu plus intensif. Sa méfiance et sa haine pour les fourmis s'accrurent donc. Cependant, il s'interrogeait sur le traitement qu'il subissait sous les ordres des capitaines de la mission.

— Sergent, j'ai l'impression que le capitaine Rusemite et les autres capitaines ne m'apprécient pas beaucoup, déclara Dinomite.

Malgré tous les objectifs que j'ai atteints, j'ai reçu de nombreuses petites réprimandes de mes supérieurs.

Sergemite, qui était lui aussi déployé sur cette mission, lui lança un regard sévère et critique.

— Travaillez dur et ne vous inquiétez de rien. Pas besoin de vous faire aimer. Ils doivent simplement savoir que vous faites votre boulot.

— Mes camarades m'ont dit que c'était comme ça qu'ils traitaient les nouveaux, poursuivit Dinomite.

Ça doit être pour ça. J'ai travaillé si dur !

À ce commentaire, Sergemite se rapprocha et baissa la voix.

— Je vais être franc avec vous, soldat. Vous êtes jeune, et certains capitaines pensent que le général aurait dû choisir quelqu'un de plus expérimenté.

Le termite prit alors un air renfrogné devant son protégé.

— Apparemment, le général Mordremite vous a sélectionné personnellement, mais ses officiers subalternes ne voulaient pas de vous.

Sur ce, Dinomite se tortilla, mais resta près de Sergemite.

— Je sais que je suis jeune, mais je donne tout. Et je suis au même niveau que les autres.

Ce n'est pas juste.

— Ils pensent aussi que tu as de l'amitié pour les fourmis, ajouta Sergemite en lui jetant un regard noir. Et tu as pris la place de l'un des vétérans triés sur le volet qui déteste les fourmis.

— Je n'aime plus ces insectes ! s'exclama Dinomite.

Les fourmis sont néfastes. Je n'en ai aucune pour amie.

— Donnez-moi une chance de vous le prouver.

— Eh bien, brille aux entraînements physiques et psychologiques, dit Sergemite en clignant des yeux et en reculant. Ils le verront et se rendront compte de la force que tu détiens.

— Je vais redoubler d'efforts, assura Dinomite en se mettant au garde-à-vous. Aucun soldat ne sera meilleur que moi, je le promets.

Puis, inconsciemment, il imagina des moyens variés de vaincre une fourmi : en l'écrasant de tout son poids ou en utilisant ses pinces après un salto incroyable ou une roulade pour attaquer frontalement.

Lorsque Sergemite sentit une bouffée perfide s'élever de sa recrue, il sourit.

❦ ❦ ❦

Pendant ce temps, Fourmuna continuait à s'inquiéter pour son ami Dino. Elle se lamentait à son sujet depuis qu'ils s'étaient dit au revoir. Mais son agitation atteignait son summum depuis les derniers hexours, car elle avait le sentiment que la mission de son ami allait avoir lieu.

Fourmuna retrouva les sœurs abeilles, juste avant que celles-ci doivent retourner butiner.

— Les filles, je suis inquiète pour Dino. Je pensais que son projet allait bientôt survenir.

Je suis tellement inquiète !

— Puis j'ai réalisé que la seule chose qu'il va *entreprendre* dans sa mission *sera* un voyage droit vers la morgue, insista-t-elle avec une mine renfrognée. On doit le tirer de là !

Sur ce, une senteur maussade emplit l'air.

— Je ne sais pas si on peut vraiment faire quelque chose, déclara Mirabeille. Dino semble vraiment enthousiaste à l'idée de cette mission.

— Mais il pourrait mourir ! s'exclama Fourmuna.

Je l'ai vu. Il va mourir dans d'atroces souffrances.

— Et si on lui disait que Mune s'est perdue dans la jungle et qu'il doit nous aider à la trouver ? suggéra Annabeille.

— Il ne va pas gober un truc pareil, soupira Mirabeille. Il sait que Mune n'a aucune raison de s'aventurer loin de son nid.

— Je sais ! Une de vous pourrait le prévenir que je suis malade, proposa Fourmuna. Lui dire que je souffre d'une infection fongique à cause d'un mauvais lot de champignons venant de la ferme du marais.

Ma ferme, ou plutôt notre ferme aux champignons. On l'a construite ensemble, lui et moi.

— Je m'en occupe, intervint Annabeille. Dino a vu la fierté que tu as tirée de la ferme aux champignons après votre expérience scientifique. Alors il ne se doutera de rien.

— Exact, Annabeille ! s'extasia Fourmuna.

Je suis contente qu'elle ait compris mon idée.

— Mais comment on peut lui délivrer la nouvelle ? demanda Mirabeille, perplexe.

Fourmuna lui jeta alors un de ses regards qui disait : « Fais-le et ne fais pas tout foirer ».

— Vous devriez vous rendre à la base d'entraînement normale des termites et demander à parler à Grandmite, expliqua Fourmuna. Et rappelez-lui qu'il a dit qu'il ferait n'importe quoi pour Dino.

Je suis convaincue que ce plan fonctionnera.

— Je vais jouer la messagère, l'interrompit Mirabeille. Et je le convaincrai de faire passer un message à Dino pour dire que tu es mourante.

Annabeille soupira parce qu'elle n'était pas vraiment d'accord avec ce plan, mais elle avait le sentiment que leurs options étaient limitées.

— Ça me paraît un peu risqué, mais quel autre choix on a?

Pendant un moment pesant, Fourmuna regarda dans le vide. Ses pensées dérivèrent vers l'époque de sa jeunesse. *J'aurais aimé pouvoir à nouveau être amie avec eux, sans subir le poids d'aucune autre responsabilité.* Avec le temps, tout changeait. En son for intérieur, elle aurait aimé qu'il ralentisse.

🐜 🐜 🐜

L'hexour suivant, après ses corvées de butinage, Mirabeille se rendit à la caserne des termites où elle chercha Grandmite. Elle prétendit être l'apprentie d'un nouveau programme qui visait à former des abeilles pour servir de messagers aux mouches. Annabeille lui avait même confectionné un bandeau similaire à ceux que les mouches portaient pour montrer qu'elles étaient des émissaires officiels. Leur stratagème fonctionna parce que les soldats avaient toujours une réaction positive en voyant des galons ou des insignes. Cela donnait l'impression qu'elle était une représentante officielle. Ensuite, Mirabeille ne perdit pas une seconde et fit passer à Grandmite le message concernant Fourmuna.

— J'ai dit à Dinomite que je ferais tout pour lui, mais pas pour ses amies poilues, fit remarquer le termite en scrutant Mirabeille.

Me prend-elle pour un imbécile?

Mirabeille bomba alors le thorax et répandit une odeur âpre.

— Eh bien, comment tu crois que Dinomite réagira quand Fourmuna mourra avant qu'il ait pu la revoir parce que tu ne lui auras pas délivré le message ?

— Ouais, dit comme ça, je vais trouver un moyen de le prévenir, grommela Grandmite.

Mais je déteste toujours les abeilles.

— Tu ferais mieux d'y arriver. Sinon, je suis certaine que Dinomite te prendra une nouvelle fois à la gorge, dit Mirabeille.

— Oui, m'dame, répondit Grandmite en haussant son pronotum. Mais c'est la dernière fois que je fais un truc pour une minable abeille.

Bien que Grandmite parût horrifié à la simple mention de Dinomite, il n'en restait pas moins un impressionnant termite. Gêné par les rumeurs qui circulaient sur le combat qu'il avait perdu contre Dinomite, il était devenu particulièrement désagréable avec les autres soldats qu'il croisait, même avec les officiers. Alors, quand un soldat lui dit qu'il ne pouvait pas transmettre le message à Dinomite parce que leur mission était confidentielle, il lui rappela à quel point il était plus gros que lui. Après quoi, lorsqu'il réalisa que les soldats du poste suivant entravaient aussi sa progression, il découvrit qui était à l'origine de toutes ces barrières et rendit visite au termite en question. Il se rendit directement au camp d'entraînement secret, où il retrouva le capitaine de Dinomite.

— Alors, soldat, j'entends dire que vous êtes plutôt persuasif, le railla le capitaine Rusemite.

— Oui, monsieur. Capitaine, j'ai mes méthodes, se vanta Grandmite.

Et je vais aussi te convaincre.

— Si vous êtes là, c'est que vos méthodes n'ont pas l'air de fonctionner, rétorqua Rusemite avec un air moqueur. Qu'est-ce qui vous fait croire que le soldat Dinomite est ici ?

— On m'a dit… commença Grandmite.

Sa confiance fut brusquement ébranlée. *En fait, ça ne sera peut-être pas si facile que ça.*

— Soldat, vous devez dire : « Chef, on m'a dit… ». Vous pensez que ce qu'on vous a dit m'intéresse ? le ridiculisa Rusemite. Je pourrais vous faire passer en cour martiale pour le numéro que vous avez joué. Asseyez-vous !

Sur ce, une fragrance acide envahit l'espace.

— Mais, je…

Rusemite se leva pour prendre de haut Grandmite, qui était désormais assis.

— Soldat, c'est « Mais, chef ». Est-ce que vous avez suivi une formation ? se moqua Rusemite. Je sais que vous imposez votre autorité en utilisant votre poids, mais personne ne m'intimide, soldat.

— Mais, chef, l'amie de Dino est… commença Grandmite.

Sous pression, celui-ci gigotait.

— Soldat, je me fiche de l'amie de Dinomite. Et j'ai déjà entendu cette histoire ! aboya Rusemite.

Sur sa chaise, Grandmite frissonna. Il réalisait que sa taille n'allait avoir aucun impact sur l'officier. Il prit alors une mine renfrognée. *Comment faire face à ce cas difficile ?*

— Soldat, je ne veux pas que vous croyiez que je vous fais une faveur, reprit Rusemite avec un sourire narquois.

— Chef ? demanda Grandmite avec une mine surprise.

Après tout, est-ce que j'ai fini par t'atteindre ?

— Dinomite est un bon soldat, bien meilleur que vous. Mais il est jeune, et tout ça le dépasse. Alors je veux me débarrasser de lui.

À cette annonce, Grandmite se ragaillardit et s'avança sur sa chaise.

— Je vous demande pardon, chef, mais pourquoi vous ne pouvez pas simplement le mettre dehors?

Je suppose que c'est parce qu'il te glisserait entre les pinces.

— Parce que le général Mordremite l'adore depuis qu'on lui a raconté la façon dont il vous a battu! beugla Rusemite.

— Je comprends, monsieur, dit Grandmite, humilié.

Ça va me coller à la peau toute ma vie.

— Mais cette situation pourrait me donner les munitions dont j'ai besoin, ricana Rusemite. Alors, je vais vous laisser lui délivrer votre message. Et ensuite, je ne veux plus jamais revoir votre tronche de cake!

～ ～ ～

Lorsque Dinomite reçut la nouvelle de la maladie de Fourmuna, cela le bouleversa. D'un côté, il voulait se précipiter à ses côtés, mais de l'autre, il voulait mettre derrière lui son ancienne vie. Il ne souhaitait pas montrer une quelconque faille dans la haine qu'il développait pour les fourmis. Dans tous les cas, il ne pourrait jamais obtenir de congé. Il avait presque fini sa formation. Sergemite disait que le capitaine leur attribuerait leurs affectations individuelles lors d'une réunion qui se tiendrait le lendemain, après le lever de l'étoile solaire. *Ce poste est une opportunité extraordinaire pour moi. Je ne peux pas partir maintenant, peu importe qui est mourant.* Et, bien qu'il se refusât à l'admettre, la possibilité que Fourmuna puisse le pousser à quitter l'armée lui traversa l'esprit. Mais il ne s'attarda pas sur cette idée. Il décida que Mirabeille ne lui aurait jamais dit que les champignons du marais l'avaient rendue malade si c'était faux. *Et si elle meurt? C'est elle qui m'a sauvé la vie. Et si je pouvais l'aider maintenant?*

Je la déteste. Comment a-t-elle pu me mettre dans une telle position ? L'odeur oppressante qu'il dégageait submergea ses sens.

Durant les douze dernières hexeures, le peloton de Dinomite avait réalisé les exercices les plus ardus de toute leur formation. Il n'avait donc pas dormi plus d'une hexeure en deux hexours. Lorsque l'hexeure du couvre-feu arriva, il ne restait plus que trois hexeures avant le moment du réveil. Dinomite n'arrêta pas de s'agiter dans tous les sens parce qu'il ruminait les mêmes pensées. Il tomba dans un profond sommeil quelques hexutes avant que les sous-officiers viennent dans les dortoirs pour lever les troupes. Tous les autres soldats se levèrent immédiatement, impatients d'assister à la réunion pour recevoir leurs affectations. Les camarades de Dinomite et Sergemite ne parvinrent pas à le réveiller. Lorsque l'un de ses amis indiqua au sergent que Dinomite détestait l'eau, Sergemite ordonna au caporal d'aller chercher un seau pour l'arroser.

À ce moment-là, le capitaine Rusemite arriva et ordonna au sous-officier d'arrêter.

— Repos, caporal ! Laissez le garçon dormir. Il a reçu de mauvaises nouvelles hier, alors je suis sûr qu'il a besoin de repos.

Sergemite n'en revenait pas de l'ordre qui avait été prononcé, il questionna donc le capitaine.

— Mais, chef, il ne doit pas aller assister à la réunion d'affectation ?

— On m'a informé de sa mission, mentit Rusemite. Je l'en informerai quand il se réveillera.

Sur ce, Sergemite et le caporal suivirent les autres soldats qui étaient partis pour se rendre à la réunion d'affectation qui précédait le petit-déjeuner. Ils furent ravis que le capitaine Rusemite les décharge de leur corvée de réveil des troupes, alors ils quittèrent précipitamment le dortoir.

Le commandant Maximite, un jeune officier prometteur, dirigea la réunion d'affectation. C'était un termite colérique qui gravissait les échelons en marchant sur les soldats qui étaient sous ses ordres. Personne ne contrariait Maximite sans en payer le prix. Lorsqu'il prononça le nom de Dinomite pour lui indiquer sa mission, personne ne se présenta, ce qui fit exploser Maximite, tel un séquoia touché par la foudre.

Après la réunion, Maximite ordonna à Rusemite et à Sergemite de se rendre dans ses quartiers. Tout frissonnant, Sergemite ne dit rien tout du long de l'entrevue.

— Qu'est-ce que ça veut dire, capitaine ? hurla Maximite en se levant.

Il s'adressait à Rusemite.

— Un soldat sous vos ordres qui dort pendant la réunion d'affectation !

Après avoir jeté un regard méchant à Sergemite, Rusemite, fidèle à son nom, sourit et dégagea une odeur ténébreuse.

— Chef, si je peux me permettre de vous expliquer, ce soldat Dinomite nous a posé problème pendant toute sa formation. Hexourd'hui, c'est la troisième fois qu'il dort après l'hexeure du réveil. Après sa deuxième faute, je l'ai prévenu qu'il serait retiré de la mission si cela se reproduisait.

Rusemite persévérait dans son mensonge.

— Alors, quand j'ai vu qu'il était à nouveau en retard ce matin, je l'ai informé que je lui retirerai son uniforme. Je m'en excuse. Je ne vous ai pas prévenu. Mais le temps me manquait avec la réunion urgente qui s'est tenue avant le petit-déjeuner.

J'espère que ça va fonctionner.

— Ce n'est pas plus mal, répondit le commandant avec

un ton plus doux. Je n'ai pas été très ravi quand le général Mordremite a insisté pour qu'on affecte un si jeune soldat à une mission d'une telle importance.

— Oui, commandant, dit Rusemite en s'asseyant sur une chaise près du bureau de Maximite. Je suis d'accord.

Super, je pense qu'il a tout gobé.

Maximite fit signe à Sergemite de s'asseoir également.

— J'ai aussi reçu mes ordres hexourd'hui. Je vais devoir assister à un événement diplomatique avec les fourmis et les abeilles, de l'autre côté de la colonie. Mordremite veut détourner l'attention de notre mission, et a donc organisé une assemblée tripartite interinsectes, à laquelle Primabeille assistera.

— Vous n'allez pas participer à l'action, chef? demanda Rusemite.

Je sais que ça va l'énerver.

— Non, sacrebleu! Mais vous savez ce qu'ils disent sur les commandants, n'est-ce pas?

Je connais la réponse.

— Non, monsieur, mentit à nouveau Rusemite. Ils disent quoi?

— C'est génial d'être officier supérieur, mais encore mieux d'être général, répondit Maximite d'un air gai. Faites le sale boulot du général et n'oubliez pas que vous êtes inférieur.

— Haha! Excellent, chef! répondit Rusemite.

Je ne rate jamais une occasion de faire de la lèche à mes supérieurs.

— Puisque je dois traverser la colonie, je pourrais prendre ce soldat pour m'accompagner, suggéra Maximite. J'en profiterai pour lui remonter les bretelles. Je vais lui faire tellement peur que son trouble du sommeil va lui passer.

Après avoir lancé un autre regard noir à Sergemite, Rusemite mentit pour la troisième fois.

— Vous ne pouvez pas, chef. Il est déjà parti. Je l'ai renvoyé moi-même, avec sa couchette et tout le toutim.

Je suis en forme !

Maximite faillit éclater de rire.

— Avec sa couchette et tout le toutim. Elle est bonne, capitaine. Haha, vous pouvez partir.

Alors qu'ils quittaient les quartiers de Maximite, Rusemite donna le reste de l'hexournée à Sergemite et le remercia de sa loyauté. Puis, il réveilla et renvoya Dinomite vers son ancienne unité après l'avoir réprimandé et l'avoir rétrogradé, de soldat de première classe à simple soldat. Bien qu'il soupçonnât Sergemite de l'apprécier, Rusemite était surpris de voir que les registres montraient que le termite ne lui avait jamais apporté son soutien lorsqu'il lui avait demandé des recommandations dans le cadre de ses futures promotions.

❋ ❋ ❋

Même si les mouches espionnes de Généfourm ne mirent au grand jour aucune entrevue secrète entre les termites et les araignées, elles remarquèrent l'énorme soldat termite qui se rendit du camp d'entraînement habituel des termites jusqu'au groupe de séquoias des coléoptères, au sud du nid des fourmis. Elles le suivirent jusqu'à une zone forestière dense et, après une vérification minutieuse, elles constatèrent que de nombreux termites réalisaient un exercice d'entraînement dans la forêt.

Altimouche rapporta donc cette activité suspecte à Généfourm, qui blêmit en entendant la nouvelle.

Après avoir bondi de son siège, la fourmi interrogea Altimouche.

— Est-ce que vous êtes en train de me dire que les termites complotent avec les coléoptères et non les araignées ?

Je n'y crois pas !

— Non, répondit Altimouche en se tenant au garde-à-vous. À aucun moment on n'a vu les termites discuter avec les coléoptères, qui les ignoraient.

— Mais qu'est-ce qu'ils pourraient faire en secret derrière notre nid ? se questionna-t-il en émettant une bouffée nébuleuse. *Je déteste ces termites sournois.*

— Je ne sais pas, Généfourm, mais elles s'entraînent dur. C'était un groupe d'élite de leurs meilleurs soldats, indiqua Altimouche.

Sur ce, Généfourm agita ses pattes pour dissiper l'odeur de l'air ambiant.

— Leurs meilleurs soldats ? Derrière notre nid ? Je sais ce qui se passe ! Mordremite a enfin perdu patience.

Brusquement, la fourmi quitta sa chaise.

— Ils pensent pouvoir attaquer le nid des fourmis et prendre le contrôle de mes troupes.

Je vais tuer moi-même cette sale fourmi blanche !

— On dirait bien, général.

— Le commandant Fourmaide m'a prévenu qu'une telle chose pourrait se produire si j'appliquais la loi martiale, dit Généfourm. Eh bien, merci, Altimouche. Bien entendu, tu garderas notre conversation secrète.

Après une pause, il continua.

— Non, attends. Est-ce que l'une de tes camarades pourrait délivrer un message de ma part à ce vaurien de Mordremite ?

Il va paniquer quand il découvrira que j'ai découvert son plan.

— Bien sûr, Généfourm. J'imagine que vous savez que les mouches sont les insectes les plus fiables, se vanta Altimouche.

En effet, Généfourm pouvait lui accorder ce point. Toutefois, il avait appris que la majorité des abeilles et des cafards étaient très respectables, et les vers étaient honnêtes.

Mordremite fut déçu de lire la dépêche envoyée par Généfourm, qui lui annonçait avoir découvert sa mission secrète. Ils n'avaient plus l'effet de surprise à leur avantage, mais cela ne tempéra pas son enthousiasme. Il renvoya une réponse à Généfourm pour dire qu'ils n'allaient pas abandonner et qu'ils allaient continuer leurs exercices d'entraînement. Il savait que la fourmi n'allait pas croire à une histoire disant qu'aucun complot ne se préparait et qu'il s'agissait juste d'un entraînement. Mais il était prêt à affronter cet ennemi qu'il méprisait. Il se prépara donc à une attaque de la part de Généfourm. Il appela en renfort les termites les plus âgés de la plus ancienne troupe, qui étaient aussi les plus expérimentés. Il ordonna également au capitaine Rusemite et au sergent Sergemite de venir sur le front.

Le capitaine lança l'escarmouche avec le sergent à ses côtés.

— Sergent, donnez l'ordre aux termites les plus âgés de foncer sur la première ligne des fourmis, lança Rusemite en se tenant bien droit pour impressionner les troupes. Nos soldats les plus chevronnés doivent commencer cette bataille.

— Oui, chef! répondit Sergemite.

Le termite en question s'adressa ensuite aux équipes.

— L'équipe senior, avancez et attaquez!

Il déglutit avec difficulté avant de continuer.

— Allons découper ces fourmis pour en faire notre dîner.

Je suis sûr que cette stratégie ne va pas fonctionner.

Une demi-hexeure plus tard, Rusemite rejoignit Sergemite pour prendre des nouvelles du combat.

— Sergent, faites-moi un rapport de nos progrès.

— Capitaine, l'équipe senior a subi de nombreuses pertes, annonça Sergemite en tremblant. Est-ce que je devrais leur dire de se replier ?

Je lui ai dit que ces termites étaient trop âgés.

— Non, sergent. Ils doivent affaiblir les défenses des fourmis pour que notre équipe d'élite puisse arriver ensuite et les achever.

— Mais ils se font massacrer, ajouta Sergemite en tremblo-tant. Ils se battent bien, mais ils sont trop vieux.

Pourquoi il ne m'écoute jamais ?

— Eh bien, c'est comme ça qu'on a toujours fonctionné, expliqua Rusemite. Ce sont les plus expérimentés et les moins indispensables.

Contrairement à Généfourm, qui avait une grande ima-gination et était prêt à changer de tactique pour répondre à la tournure de la bataille, Mordremite et ses auxiliaires, Rusemite y compris, s'en tenaient toujours à leurs techniques habituelles de combat. Ils craignaient de prendre trop de risques avec des changements qui pouvaient les conduire à la défaite. Toutefois, ils savaient aussi que leur nombre était supérieur à celui des effectifs de Généfourm, ce qui suffisait, supposaient-ils, pour leur assurer la victoire.

— Est-ce qu'on devrait leur envoyer l'équipe médicale pour qu'elle ramène les blessés ? l'interrogea Sergemite.

Ils vont tous mourir. Je ferais mieux de tenir ma langue.

— Non, le général Mordremite n'a pas voulu d'équipe médicale. Il ne l'a jamais utilisée auparavant ! aboya Rusemite.

Sur ce, Sergemite lâcha un relent fiévreux.

— On ferait mieux de faire quelque chose parce que les fourmis gagnent du terrain.

Je pense qu'on est foutus.

— Est-ce que l'équipe d'élite est prête ? demanda Rusemite.

Le capitaine était toujours au garde-à-vous.

— Ils sont là, mais ils sont terrifiés. Les équipes se sont énormément entraînées, mais n'ont jamais vu de combats de ce genre.

Je ne pense pas qu'il se rende compte de la barbarie des fourmis.

— Eh bien, motivez-les, sergent ! rugit Rusemite.

À présent, le capitaine était plus agité.

— C'est votre boulot.

— Oui, chef ! répondit Sergemite en retrouvant son aplomb.

Il s'adressa alors une nouvelle fois aux troupes.

— Très bien, soldats ! Du nerf ! Battez-vous comme si vos vies en dépendaient !

Parce que c'est vrai.

— Allons dégommer ces fourmis trouillardes.

※ ※ ※

De l'autre côté du front, le commandant Fourmaide se tenait aux côtés de Généfourm pour guider leurs troupes ensemble.

— Commandant, nos soldats se débrouillent bien. Mais je veux voir plus de mandibules claquer et plus de pinces se serrer. Je veux voir des pattes se faire couper de tous les côtés, ordonna Généfourm en appuyant bien sur chacun de ses mots.

— Oui, chef ! Aucun soldat n'est plus vaillant que nos femelles ! En plus, elles détestent les termites, se réjouit Fourmaide.

J'adore cette attitude calme du général.

— Si nos fourmis perdent des pattes, ne vous en faites pas, le rassura Généfourm. Dites aux secouristes de les ramener au nid pour que nos infirmières pansent leurs plaies. Avec leur salive antifongique, ils guériront et seront à nouveau aptes à combattre.

Le général regarda à nouveau ses troupes.

— Assurez-vous de bien leur faire comprendre qu'il n'y aura pas de répit tant que le travail n'est pas fini.

Fourmaide se détendit. *Je travaille avec un maître dans l'art de la guerre.*

— Oui, général ! On renverra en un rien de temps les fourmis à quatre et cinq pattes au front pour rejoindre leurs camarades.

Sur ce, Généfourm se tourna d'un côté, puis de l'autre pour observer son armée.

— Très bien, commandant. On vient d'enfoncer leurs équipes seniors. Maintenant, montrons-leur comment on se bat vraiment.

Il donna une tape sur le pronotum de Fourmaide.

— D'abord, dites à la première ligne d'attaquer, puis à la deuxième de projeter de l'acide formique sur les termites. Ensuite, quand ils se recroquevilleront, ordonnez aux ailiers de resserrer les rangs et de les encercler.

— Oui, c'est une stratégie qu'ils n'auront jamais vue, conclut Fourmaide.

J'ai hâte !

— Une fois qu'ils seront piégés, les termites vont paniquer et rompre leur formation. Ce sera alors un jeu d'enfant !

On pourra manger du termite au dîner.

— Voilà ! Continuez à les encercler jusqu'à ce qu'on les massacre tous ! s'exclama Généfourm. Je sais que l'ennemi a amené plus de troupes hexourd'hui, mais notre meilleure stratégie l'emportera sur eux.

— Première ligne, attaquez! ordonna le commandant Fourmaide.

Il s'adressa à son équipe au moment où il émit une odeur impétueuse, puis il se concentra sur la deuxième ligne.

— Les pulvérisatrices, en joue!

Puis il se tourna vers les lignes suivantes jusqu'à la quatrième.

— La troisième et la quatrième ligne, séparez-vous entre la gauche et la droite pour encercler l'ennemi. Parquez ces termites et réduisez-les en charpie!

Nos troupes ne peuvent pas perdre!

Après quarante-cinq hexutes environ passées à rassembler et découper les termites, les rangs des ennemis étaient pratiquement décimés. Généfourm exigea alors un rapport.

— Commandant, est-ce que le travail est presque terminé?

— Oui, chef! confirma Fourmaide en souriant. La victoire est presque assurée. On a déjà tué le capitaine Rusemite et son sergent. Et notre équipe de choc pourchasse ce trouillard de Mordremite.

Je promets que ça ne sera plus long.

— Faites-moi savoir quand Mordremite sera tombé. On demandera aux autres de se rendre, se réjouit Généfourm.

Quinze hexutes plus tard, Fourmaide vint faire son rapport.

— Général, je viens vous informer que Mordremite a mordu la poussière. C'était le dernier termite encore debout, ou plutôt, à genoux.

Après avoir fait sa blague, il sourit à son supérieur.

— On a décimé plus de trois cents de leurs soldats. On n'a fait aucun prisonnier. Aucune reddition n'est possible une fois que nos combattantes ont goûté à l'hémolymphe des termites.

Après ce commentaire, il s'essuya les mandibules pleines de salive.

— Est-ce que vous voulez faire avancer nos soldats dans le nid des termites ?

On va tous les massacrer.

Le corps bien droit, Généfourm donna son dernier ordre en libérant une puanteur farouche.

— Non, envoyez une mouche les informer de ce qui s'est produit ici et exigez qu'ils quittent la colonie, sinon on continuera à supprimer des termites.

— Félicitations, général Généfourm ! Encore une fois, vous avez remporté la victoire !

Je le savais depuis le début !

— Vous devriez remercier nos troupes. Aucun insecte n'est plus redoutable que nos soldats. Quant à nos adversaires, ils ont eu ce qu'ils méritaient. Leur nom suggère qu'ils ont du cran, mais leurs aptitudes manquent d'intelligence et de mordant.

Généfourm bannit les termites survivants, qui comprenaient Dinomite, vers les terres inhabitées en dehors de la colonie. Fourmaide se délecta du travail bien fait et se réjouit avec son général du départ des termites détestés. Les insectes se déplacèrent plus à l'ouest, loin des nids et de la ferme aux champignons. Ils se rapprochèrent de la limite de l'Îlot Terrien, mais aussi d'un autre marais où ils lancèrent leur propre ferme aux champignons. Jamais Généfourm ne refit confiance à un autre termite. Encore des milliers, les termites survivants fulminèrent de leur défaite et jurèrent de se venger de l'injustice qui leur avait été imposée par des fourmis maléfiques.

✲ ✲ ✲

Dinomite était si contrarié d'être rétrogradé et expulsé de la mission secrète qu'il n'essaya même pas de voir Fourmuna. Même s'il l'avait voulu, il n'aurait pas pu puisque son capitaine avait dit à son sergent de le faire trimer. Du coup, son nouveau supérieur annula ses congés et ses fins d'hexaines[15] sur les premières hexaines. Dinomite finit par réaliser qu'il aurait péri avec Mordremite et les autres termites qui avaient continué la mission. Il savait que cela signifiait que Fourmuna lui avait sauvé une nouvelle fois la vie, mais il ne pouvait pas se résoudre à lui en être reconnaissant parce qu'elle avait presque détruit sa nouvelle carrière. Son programme de conditionnement se poursuivit, et son formateur le persuada que Fourmuna était comme toutes les autres fourmis. Il dit à Dinomite qu'elle n'était pas digne de confiance et le convainquit qu'elle voulait le voir échouer afin que l'armée des termites perde une recrue dévouée comme lui.

Un peu plus tard, le sergent de Dinomite vint le voir et l'informa qu'une abeille messagère s'était présentée au portail avec une lettre pour lui. Le cœur lourd, Dino alla à sa rencontre. Il s'avança vers la messagère avec une démarche ferme et décidée.

— Mirabeille, je ne veux plus que tu m'apportes des messages ici, déclara-t-il d'une voix qu'il eut du mal à reconnaître.

Laisse-moi tranquille!

— Mais je me suis dit que tu voudrais savoir que Fourmuna s'est rétablie, dit Mirabeille.

— Je devine qu'elle n'a jamais été malade, rétorqua Dinomite en lui jetant un regard noir.

Je savais que c'était une fourmi malveillante et menteuse.

— Au moins, tu es toujours en vie, répondit-elle sans attendre. J'ai entendu dire que les armées de Généfourm ont abattu tous les termites de la mission.

— Je préférerais mourir plutôt que faire confiance à une fourmi malhonnête! s'exclama Dinomite en la fusillant du regard.

---

15   Équivalent des week-ends pour les insectes.

Son hémolymphe bouillonnait. *Je ne veux rien à voir à faire avec elle.*

— Mais Fourmuna est ton amie, haleta Mirabeille après avoir poussé un cri.

— Dis à cette menteuse de Fourmuna que je ne veux plus entendre parler d'elle, cracha Dinomite en lâchant une vapeur toxique. J'ai accepté de te voir uniquement pour te délivrer ce message.

Et la même chose vaut pour toi aussi.

D'abord stupéfaite, Mirabeille retrouva la parole avec un air qui révélait un amer sentiment de trahison.

— Dino, qu'est-ce qui t'est arrivé ?

— Ma nouvelle famille est ici, mes vrais camarades m'ont ouvert les yeux et m'ont montré combien les fourmis sont maléfiques. Si j'avais été affecté à la mission, j'aurais pu sauver mes nouveaux amis.

Je m'imagine bien avec quatre fourmis mortes entre mes pinces.

— J'en doute, mais je suppose qu'il est impossible de te raisonner désormais, répondit Mirabeille en se détournant. Je transmettrai à Fourmuna ce que tu as dit.

Dinomite lui jeta un regard que Mirabeille ne comprit pas tout de suite. Il était froid et distant. Elle n'avait jamais rien vu de tel auparavant. Puis elle réalisa que ce regard traduisait la fin d'une amitié, leur amitié.

Mirabeille raconta tout à Fourmuna, qui fut inconsolable d'avoir perdu son bon ami. Elle fut encore plus dévastée par le fait de ne pas avoir été présente pour le persuader de reconsidérer sa décision. Cependant, elle se rendit compte qu'elle ne pouvait rien faire si son comportement était devenu explosif et qu'il avait choisi de détruire leur amitié. Elle respectait ses décisions et se réconfortait en se disant qu'elle l'avait sauvé en agissant ainsi.

CHAPITRE 5

LA RICHESSE DE L'ESPRIT ENGENDRE LA FORCE

Une recette pour un soufflé d'agression raffinée :
- *un grain d'obsession épicée*
- *une pincée d'évasion fraîchement coupée*
- *une branche d'oppression ciselée*
- *une tasse de progression bien dosée*
- *le tout assaisonné de transgression affirmée*

AU FIL DU temps, les insectes explorèrent les terres par-delà les limites de l'Îlot Terrien. Grâce à leurs activités, le sol des alentours devint plus fertile. D'abord, divers buissons, petits arbres fruitiers et palmiers commencèrent à pousser. Puis, une fois que les séquoias s'y furent propagés, il devint impossible pour les abeilles comme Mirabeille et Annabeille de savoir où l'Îlot Terrien finissait et où les terres originelles de Caca-ponique commençaient. Pendant cette période, les forêts et la colonie d'insectes connurent un réel essor. Entre autres, la gravité réduite fatiguait moins le corps des insectes, ce qui leur permettait d'accorder la majeure partie de leur énergie à leur esprit plutôt qu'à des activités physiques. De ce fait, leur intelligence s'accrut, du moins chez les espèces qui estimaient important de développer leurs capacités cérébrales. Le développement de celles-ci fut particulièrement confirmé chez les fourmis, qui débitèrent devise sur devise et finirent par en imprégner toute la société de la planète. L'un des poètes les plus prolifiques inventa les phrases suivantes : *C'est dans l'esprit que le corps puise sa force* ; *cerveau éteint, effort vain* !

Sur Caca-ponique, cette planète à moindre gravité, les fourmis affûtèrent leurs capacités télékinésiques pour déplacer des objets. Plus elles en manipulaient, plus leur esprit se développait. Quand Fourmuna atteignit la vingtaine, l'armée l'enrôla, mais les soldats avaient du temps libre pour s'adonner à d'autres activités puisqu'ils n'étaient pas en guerre. La plupart des autres fourmis femelles profitèrent de ces pauses pour suivre des cours sur les manœuvres de combat. Elles espéraient impressionner les officiers mâles et décrocher des promotions pour obtenir ces mêmes grades. Jusqu'alors, seuls les mâles occupaient des places d'officiers, bien qu'aucun d'eux ne soit allé au front.

Les missions de butinage de Mirabeille et d'Annabeille les tenaient occupées, mais Fourmuna disposait d'énormément de temps libre l'après-midi et le soir. Mirabeille remarqua que son amie hésitait encore sur ce qu'elle voulait faire.

— Fourmuna, est-ce que tu essayes toujours de trouver comment t'occuper ?

— Oui, confirma-t-elle en haussant son pronotum, mais on dirait que mes choix sont limités.

Je ne sais pas quoi faire.

— Pourquoi tu ne suis pas la formation pour devenir officier, comme les autres soldats?

En levant les yeux au ciel, Fourmuna sécréta une fragrance piquante.

— Je n'aime pas les formateurs. Les mâles sont très paresseux et ne donnent ces cours que pour frimer devant les filles.

Je vous en prie, ne m'en parlez plus jamais.

— Mais ce n'est pas la seule façon pour toi d'être promue? demanda Mirabeille d'une voix animée pour tenter d'exciter son amie.

À ces mots, Fourmuna se ratatina et se mit en boule, puis répondit avec peu d'enthousiasme.

— Ils ont dit la même chose, mais n'ont jamais donné le grade d'officier à une soldate. Ils appellent ça formation pour officier juste pour qu'on travaille plus dur.

Elle se roula sur le sol.

— Je refuse de faire de la lèche aux formateurs pour une promotion que je ne décrocherai jamais.

Je préférerais mourir.

Mirabeille se baissa pour se mettre au niveau de Fourmuna.

— Je suppose qu'être dans l'armée n'est pas ce que tu préfères? s'enquit-elle.

Fourmuna sortit alors sa tête pour répondre à son amie.

— Ouais. Du coup, je n'ai pas besoin plus que ça d'y passer mon temps libre.

Sinon, je finirai comme Dino, à rejeter tous mes amis.

Fourmuna rêvait de trouver une activité qui lui permettrait d'aiguiser son esprit. Elle désirait comprendre les fondements de la nature et utiliser ces connaissances pour améliorer les conditions de vie des insectes.

— Je sais! s'exclama Mirabeille après un moment de

réflexion. J'ai entendu dire que quelques mâles reproducteurs de la fourmilière avaient créé un club de maths. Tu devrais t'y inscrire.

Fourmuna se déplia et se redressa. L'idée avait éveillé sa curiosité.

— Je n'en ai pas entendu parler. Je ne connais pas grand-chose aux maths, mais ça me semble plus intéressant que l'armée.

Je parie qu'il n'y a que des mecs, mais je peux leur montrer ce que je vaux.

❧ ❧ ❧

Avant de candidater au club de maths, Fourmuna chercha à résoudre autant de problèmes mathématiques que possible auprès de tous ceux qui voulaient bien l'instruire. Elle alla même jusqu'à solliciter l'aide de Primabeille, qui demanda à une grande mathématicienne abeille de la prendre sous son aile. C'était Algébeille elle-même qui avait découvert que les alvéoles de la ruche étaient plus robustes si on leur donnait une forme hexagonale plutôt qu'une forme circulaire classique. Sous son enseignement, l'intelligence de Fourmuna décupla, et lorsqu'elle fut prête, elle alla voir les animateurs du club de maths réservé aux fourmis mâles et demanda si elle pouvait les rejoindre.

Un peu nerveuse mais déterminée, Fourmuna s'adressa au président du club.

— Fourmule, j'ai travaillé dur et je veux rejoindre votre club de maths.

Je parie que vous n'avez jamais eu un membre dans mon genre.

Fourmule rigola et regarda le responsable des adhésions, Fourminacci, qui ricanait tout bas.

— Fourmuna, tu réalises bien que c'est un club réservé aux mâles ?

Elle ne se démonta pas devant la question parce qu'elle refusait d'accepter la défaite.

— Je l'ai supposé, mais c'est sûrement parce que les femelles sont trop occupées pour prendre le temps de s'instruire.

Et sûrement parce que vous êtes aussi trop rétrogrades.

— Non, c'est parce que les femelles sont incapables de comprendre les problèmes difficiles qu'on résout, rétorqua Fourminacci.

La fourmi relâcha une puanteur urticante.

— Je te propose de rentrer chez toi et de nettoyer tes glandes à acide formique pour te préparer à ton prochain combat, se moqua Fourmule.

— Et va apporter tes excréments au marais pendant que tu y es, rit Fourminacci.

Les deux fourmis du club de maths pensaient qu'elle allait en rester là. C'étaient des mâles typiques qui estimaient qu'une femelle, si elle n'était pas une princesse à la recherche d'un partenaire, n'était bonne qu'à se battre ou chercher de la nourriture. Cependant, ils n'étaient jamais tombés sur une femelle qui ressemblait de près ou de loin à Fourmuna. Elle entreprit donc de leur montrer qu'elle n'était pas seulement capable d'égaler leur courage.

Bien qu'elle fulminât intérieurement, de l'extérieur, elle avait une attitude aussi froide qu'un termite mouillé. Elle décida de mettre la paire au défi.

— Très bien. Je rentrerai et mettrai de l'ordre dans ma chambre si l'un de vous, génies des maths que vous êtes, peut résoudre l'énigme mathématique que j'ai élucidée ce matin.

Je sais qu'ils ne trouveront jamais la réponse.

— Hors de question ! se plaignit Fourmule. Comment peut-on être sûrs que tu ne t'es pas fait aider ?

— D'accord, alors présentez-moi un problème. Si je n'y arrive pas, je rangerai aussi vos quartiers, leur proposa Fourmuna. Mais si je réussis, vous me laisserez rejoindre votre club et vous sortirez *mes* excréments.

Impossible que je perde face à ces crétins !

— Ça marche ! accepta Fourminacci.

— Tu ferais mieux de tailler ta craie et préparer ton seau à crottes, ma fille, lança Fourmule en jetant un bout de craie en l'air et en l'attrapant avec ses mandibules.

Emballée par ce défi, Fourmuna s'avança.

— Très bien, je commence, s'empressa-t-elle de dire. Résolvez ce problème : « L'hexour de la Fête de la reine, une femelle part rendre visite à la reine et à sa sœur. Elle veut leur apporter à chacune une cerise. Mais sur le chemin, sa progression est entravée par sept toiles d'affilée appartenant à une unique araignée qui demande la moitié de ses cerises pour lui laisser la vie sauve. Puisque c'est la Fête de la reine, l'araignée se culpabilise et lui rend une cerise chaque fois qu'elle lui en prend. Avec combien de cerises devait-elle partir pour en avoir deux à la fin ? » Je vous accorde dix hexutes pour répondre.

Je suis sûre qu'ils ne vont pas aimer le fait que ce soit une fille, une reine et une sœur qui soient au centre de l'énigme.

Les deux génies des maths réfléchirent au problème, mais furent incapables de le résoudre.

Après huit hexutes, Fourmule s'exclama :

— J'ai trouvé ! La réponse est cent vingt-huit. Mais, non ! Attends ! C'est une question piège. Est-ce que la sœur est censée être celle de la reine ou de la fille ?

— Tu es sur la bonne piste ! jubila Fourminacci. La reine

est à la fois la souveraine et la sœur de la fille. Alors la réponse est soixante-quatre.

— Non, vous avez tous les deux faux, les houspilla Fourmuna. La réponse est deux.

Je n'avais pas raison ?

Sur ce, Fourmuna sortit sa craie et griffonna deux équations simples sur une ardoise : *(2) et 2-1+1=2.* Après quoi, elle expliqua que chaque fois que l'araignée prenait l'une des cerises, elle la rendait.

— 1+1. Le calcul est élémentaire, chers érudits.

Et maintenant, posez-moi votre question.

— Ah, oui ! Je comprends maintenant, dit Fourminacci en s'adossant à sa chaise.

— Très bien, petite maligne, ricana Fourmule. Mais maintenant, tu dois répondre à notre question.

Fourminacci lut le problème qu'avaient sélectionné les deux fourmis du club.

— Alors, voilà un problème que personne n'a réussi à résoudre dans notre club. Si tu trouves la solution, tu pourras l'intégrer. « Une famille de quatre fourmis, composée d'une reine et d'un mâle avec leur fils et leur fille, a pris un petit-déjeuner de graines. Ils ont mangé précisément trois graines, mais chaque fourmi en avait une. Comment ils ont fait ? » Tu as dix hexutes.

Après quelques secondes de réflexion, Fourmuna exulta.

— C'est facile. Le mâle reproducteur, la fille et le garçon ont chacun mangé une graine. Ensuite, la reine a mangé le mâle reproducteur.

Je sais que les mâles ne penseraient pas à un tel dénouement.

Une fois que les deux fourmis du club de maths eurent

réfléchi à la réponse pendant quelques secondes, ils grimacèrent et sourirent.

— Aaaah, c'est dégoûtant. Mais tu as raison, accorda Fourminacci.

— C'est remarquable ! l'encensa Fourmule. Je suppose que tu viens d'intégrer le club.

Avec un sourire fier, Fourmuna sortit dans le couloir d'un pas nonchalant.

— Oh ! Je vis au nid 204 A. N'oubliez pas vos seaux à excréments.

Et j'espère pour vous que vous survivrez à la présence d'une fille dans votre club.

❊ ❊ ❊

Si de leur côté, les fourmis se complaisaient dans l'apprentissage, les autres insectes de la colonie valorisaient aussi l'intelligence et les efforts afin de se maintenir au niveau des fourmis. Par exemple, avant qu'Algébeille devienne mathématicienne, elle était la patronne du club « B-Jeez », dont les membres avaient un QI supérieur ou égal à 50, niveau que n'atteignaient pas la plupart des fourmis.

Sur les recommandations insistantes de Fourmuna, Mirabeille et Annabeille s'y inscrivirent. Toutefois, les deux se mirent à stresser quand on leur expliqua qu'elles devaient passer un test de QI avant d'intégrer le club.

L'hexour du questionnaire, Annabeille s'énerva et refusa de s'y présenter.

— Mirabeille, je ne peux pas, dit-elle. Tu es tellement intelligente que je suis sûre que tu réussiras à y entrer. Mais je suis trop idiote pour faire ce test stupide.

Je sais que c'est sans espoir.

— Annabeille, tu es aussi intelligente que moi, la rassura Mirabeille. Tu te laisses juste décontenancer parfois. Viens avec moi et souviens-toi de la fois où tu as aidé à sauver Fourmuna et Dinomite. Aucune abeille n'aurait réussi à faire ce que tu as fait si elle était idiote.

Mirabeille savait que sa sœur était plus maligne qu'elle le croyait. Bien qu'elle fût impulsive à certains moments et dépourvue du tempérament rationnel et méthodique de Mirabeille, elle était incroyablement attentive et n'oubliait rien de ses expériences. Même si elle se laissait souvent gagner par la nervosité, sa mémoire exceptionnelle égalait son enthousiasme sans bornes.

— Tu as sûrement raison, Mirabeille. Et je suis la meilleure danseuse frétillante de notre équipe.

Sur ce, Annabeille bondit et se mit à frétiller. *Je vais faire de mon mieux.*

— C'est vrai, lui accorda Mirabeille avant de désigner la sortie. Allez, file!

Annabeille était convaincue des réponses qu'elle donna lors de l'examen, mais commença à stresser en attendant les résultats.

— Mirabeille, je suis sûre que tu as réussi. Et moi, je m'en suis bien sortie, mais ce n'est pas suffisant, se lamenta-t-elle.

Je ne vais pas être retenue.

L'examinatrice comptabilisa les résultats et retourna à l'endroit où les jumelles patientaient.

— Est-ce que vous voulez connaître vos résultats séparément ou ensemble? demanda-t-elle.

— Oh, on est jumelles! On fait tout ensemble, répondit machinalement Mirabeille.

Elle ne prit même pas le temps de réfléchir à ce qu'impliquait la question.

— Mirabeille, ton QI satisfait nos exigences, annonça l'examinatrice en battant une fois des ailes. Tu peux intégrer le club. Mais Annabeille, je suis désolée. Tu n'es pas acceptée.

Déprimée, cette dernière baissa la tête et dégagea une odeur aigre. Néanmoins, avant de partir, elle se retourna brusquement et attrapa la tablette des griffes de l'examinatrice. *Laissez-moi voir!*

— Quarante-neuf! lâcha-t-elle en l'examinant. Quelle poisse!

Après quoi, elle épulcha le test et remarqua quelque chose.

— Attendez! Regardez la question cinq. Je suis sûre que ma réponse est correcte, mais elle est indiquée comme fausse.

Je sais que j'ai raison!

L'examinatrice demanda alors à voir une nouvelle fois le questionnaire, puis leva les yeux vers Annabeille.

— Tu as raison, annonça-t-elle. Je n'en reviens pas d'avoir fait une erreur. Accepte, s'il te plaît, mes excuses. Et bienvenue au club!

— Youpi! crièrent les abeilles jumelles.

Sur ce, elles se lancèrent toutes les deux dans une danse frétillante.

🐜 🐜 🐜

Les mouches possédaient un club similaire appelé «La Haute Voltige». Cependant, elles n'approuvaient pas les tests de QI parce qu'elles trouvaient qu'ils étaient biaisés en faveur des fourmis et des abeilles. Pourtant, c'était un club élitiste, qui n'acceptait que les mouches les plus intelligentes, autrement dit, pas les lucioles. Altimouche était le grand voltigeur du club. Quand il ne servait pas de messager, il s'affairait à le développer. Nombreux étaient ceux qui pensaient qu'Altimouche possédait un QI supérieur à cinquante-cinq, bien que la mouche refusât de passer le test imprécis et biaisé en faveur des fourmis.

Se qualifiant lui-même de mouchosophe, Altimouche se prélassait sur un semblant de pouf pendant qu'il suçait un bâton de miel.

— Ce n'est pas une question de QI ou de phrases bien polies. Voler haut, c'est l'art de saisir les signaux infinis de la vie.

Après quoi, la mouche s'imprégna d'une senteur aérienne.

❋ ❋ ❋

Formant un groupe très soudé, les cafards et les coléoptères jouaient et étudiaient ensemble. L'un de leurs passe-temps favoris était la construction de labyrinthes, dans lesquels ils s'amusaient à courir. Tout d'abord, ils se répartissaient dans leurs familles d'insectes respectives, qui créaient chacune un dédale complexe. Puis, ils défiaient le groupe adverse pour voir qui traversait le plus vite le labyrinthe de l'autre. Parfois, ils provoquaient même en duel les fourmis, qui étaient heureuses de jouer jusqu'à ce qu'il devienne clair pour elles qu'après des hexeures d'entraînement, les cafards et les coléoptères les battaient toujours à plate couture.

Dans sa jeunesse, Cafardini était une vedette de la course en labyrinthe, mais il était encore meilleur dans leur construction à mesure qu'il vieillissait. Il soutint ardemment la continuité de ces tournois, longtemps après avoir pris sa retraite sportive. Scarabert avait également cessé de courir dans les labyrinthes, mais il en était devenu l'un des meilleurs concepteurs de tous les temps au fil des dernières hexannées. Toutes les hexans, l'équipe de cafards au meilleur palmarès rencontrait la meilleure équipe de coléoptères lors d'une compétition interespèces de parcours de labyrinthe. Cafardini reprit du service une hexannée pour aider l'équipe qui affrontait la première équipe des coléoptères. Scarabert, qui, sur les dernières hexannées, avait été l'entraîneur du groupe gagnant, menait les coléoptères.

Lors d'une interview précédant un match, Cafardini se moqua de l'équipe des coléoptères.

— Scarabert et ses quatre jeunes camarades coléoptères ont un beau palmarès. Mais face à nous, c'est comme s'ils venaient à un combat de dards, alors qu'ils n'en ont pas.

De son côté, Scarabert se tenait devant l'une des constructions de son équipe et diffusait une fragrance jouissive.

— Mon équipe est peut-être jeune, mais nous ne sommes pas effrayés. Regardez notre ouvrage, ça va être *déli-rinthe*.

Presque à égalité, les deux équipes passèrent la septième épreuve imposée d'une série de sept matchs. Elles durent même construire un huitième labyrinthe chacune, car elles avaient terminé ex aequo à la dernière hexonde de la septième manche. Toutefois, le groupe de Scarabert l'emporta lors de la dernière course, et une foule de jeunes femelles en délire encerclèrent les coléoptères en criant.

La plupart des vers de Caca-ponique étaient extrêmement timides et fréquentaient peu les insectes, bien qu'ils fissent preuve de loyauté envers les autres vers et leurs amis des autres espèces. Si vous aviez des ennuis, vous pouviez toujours compter sur un ami ver et être sûr qu'il vous aiderait. Pendant des hexannées, après le début des tournois annuels de parcours de labyrinthe entre les cafards et les coléoptères, les vers sortirent pour les encourager. En effet, à tous ces événements opposant cafards et coléoptères, on voyait des vers de partout, que ce soit au-dessus ou en dessous du terrain. Vermicelle était une grande fan, à la fois en taille et en ferveur. Sa présence faisait toujours une forte impression. Après ces événements, il y avait souvent un moment où les vers disparaissaient. Selon la majorité des insectes, les vers encourageaient tellement les équipes que cela avait un impact négatif sur eux, et qu'ils avaient ensuite besoin de temps pour récupérer. Une fois, cependant, un petit groupe de coléoptères xylophages, dans lequel se trouvait Scarabert, suivit certains vers au moment où ils disparurent sous terre après une épreuve de labyrinthe.

Quand il refit surface, Scarabert s'exclama :

— Si complexes qu'on peine à croire que c'est l'œuvre de vers. Pourtant, ils se tortillent dans des tas de galeries sous la terre.

Sous les terres, sans qu'aucun insecte ne le sache, les vers s'amusaient à élaborer des réseaux complexes. Vermicelle ne concourait pas, mais était entraîneuse adjointe et aidait à structurer ces dédales souterrains. À partir de ce moment-là, les compétitions de labyrinthe virent s'affronter trois équipes, les coléoptères, les cafards et les vers, qui parcouraient les méandres de leurs adversaires. Mais, bien sûr, les coléoptères et les cafards accordaient une avance aux vers, qui se déplaçaient beaucoup plus lentement sans pattes.

Bien qu'elles aient perdu le précédent conflit les condamnant à l'exil, les araignées de Caca-ponique étaient arrogantes et estimaient que leur intelligence dépassait celle des autres créatures. Elles ignoraient tout signe d'une compréhension accrue chez les insectes, car elles estimaient que jamais ils n'auraient pu surpasser les êtres qui leur étaient supérieurs, les arachnides.

La mère d'Arakfretin, Mamarak, et d'autres araignées disaient :

— On court plus vite, on réfléchit mieux et on contrôle la toile.

Du coup, les araignées attaquaient les insectes individuellement plutôt que les groupes. Ayant tiré des leçons de leurs précédents affrontements avec les fourmis, elles attendaient que la dernière d'une file croise leur route avant de cracher sur cette retardataire. Les individus qui se trouvaient à l'avant ne remarquaient pas qu'une araignée avait attaqué celle qui fermait la marche avant l'arrêt suivant. Mamarak était une bonne cracheuse et attrapait la plupart de ses proies quand elle quittait sa toile. Elle était fière que, bien que petit, Arakfretin soit aussi un excellent cracheur. Elle affirmait qu'il avait hérité d'elle son talent, car le père d'Arakfretin était plus du genre à patienter sur sa toile. Les insectes volants se prenaient souvent dans les toiles, tandis que les fourmis représentaient davantage des cibles au sol pour les araignées cracheuses. Quelle que soit la façon dont elles s'y prenaient, les araignées amassaient un nombre inquiétant de corps, suffisamment pour que les fourmis s'angoissent à chaque fois qu'elles quittaient la colonie.

Les termites détestaient toute activité mentale autre que ce que leur dictait leur instinct, et se moquaient des fourmis intellos et des autres insectes, qu'ils observaient depuis la jungle, à l'écart de la colonie. Cependant, les termites, y compris Dinomite, n'avaient jamais pardonné aux fourmis la bataille à la fin de laquelle ils s'étaient retrouvés bannis de la colonie. Du coup, ils tendaient souvent des embuscades à de petits groupes de fourmis parties à la recherche de nourriture. Bien qu'ils ne fussent pas aussi intelligents qu'elles, plus nombreux, ils les prenaient par surprise et gagnaient la plupart des échauffourées.

Maximite, promu au rang de général après la disparition de Mordremite, expliquait sa stratégie ainsi :

— Nous ne voulons pas d'une guerre totale avec les fourmis. Donc, nous en éliminerons quelques-unes à la fois jusqu'à ce que nous les entendions se plaindre.

Maximite invita Dinomite, qui travaillait très dur, à venir dans son bureau.

— Soldat Dinomite, vos supérieurs m'ont dit que vous êtes un excellent soldat.

— Oui, monsieur, je fais de mon mieux, répondit rapidement Dinomite en se mettant au garde-à-vous.

Et si cela signifie tuer des fourmis, personne ne le fait mieux que moi.

— J'ai entendu dire que vous vous donniez bien plus que n'importe qui d'autre. Votre nombre d'éliminations est deux fois plus élevé que ceux de vos camarades d'unité, le félicita Maximite.

Sur ce, Dinomite se mit au repos.

— Je travaille dur. Et je déteste les fourmis, déclara-t-il machinalement.

Mon conditionnement a porté ses fruits.

Une lueur de méfiance dans les yeux, Maximite le scruta.

— Mais une de vos amies n'est-elle pas une fourmi ?

Sa mémoire osa le trahir et le renvoya aux hexours plus joyeux où il ne pensait pas les derniers mots qu'il avait prononcés, mais il se débarrassa de ces images.

— Ce n'est plus mon amie, rétorqua Dinomite, qui sortit de sa torpeur. J'ai récemment appris ce dont je me doutais depuis le début. Elle m'a menti pour m'amener par ruse à quitter la mission du coup d'État.

Pour moi, Fourmuna est morte !

— Ah oui, vous ne pouvez jamais faire confiance à une fourmi, répondit Maximite avec un sentiment de fierté.

La tension se relâcha dans le corps de Dinomite.

— C'est pour ça que je veux autant les tuer maintenant. Vous connaissez le dicton : « La fourmi peut me duper une fois si je mords à l'hameçon, mais si elle recommence, elle finira dans mon bidon. »

— Vous avez bien retenu la leçon, soldat, le félicita Maximite en s'approchant pour ajouter un galon sur son pronotum. Vous serez heureux d'apprendre votre promotion au rang de caporal.

— J'apprécie, monsieur, le remercia Dinomite en se tenant bien droit. Est-ce que mes missions changent ?

Dites-moi que je vais pouvoir tuer plus de fourmis.

— Oui, je veux que vous preniez la tête d'une des équipes qui tendent les embuscades.

À ces mots, Dinomite salua son général.

— Merci, Monsieur. Vous serez fier de moi.

Un relent éclatant se dégagea de ses glandes à phéromones.

J'adore tendre des embuscades.

Dinomite continua d'être un tueur de fourmis impitoyable, et tous les termites souhaitaient intégrer son équipe. Motivé par la nouvelle image de Fourmuna créée par son esprit conditionné, il devint un maître dans l'art de la tromperie. Il feignait souvent d'être blessé ou faible, avant de s'en prendre à n'importe quelle fourmi crédule qui ne le voyait pas comme une menace. Au fil des hexois, des petits groupes de fourmis ne revinrent jamais après être sortis de la colonie, victimes des termites criminels envoyés par Maximite, avec souvent Dinomite à leur tête. Les termites attaquaient n'importe quel insecte de la colonie, mais trouvaient que les fourmis constituaient les cibles les plus faciles. Dinomite insistait constamment pour que son équipe se concentre sur les fourmis. Bien qu'il s'agît d'une source permanente d'irritation, les fourmis savaient que la recherche de nourriture pouvait faire quelques victimes et, pendant un certain temps, elles tolérèrent les pertes subies, qui pouvaient être considérées comme normales.

❋ ❋ ❋

Avec l'augmentation de la population, des colonies voisines s'installèrent de plus en plus loin du marais central. La colonie d'origine se développa grâce à la construction de nouveaux nids et devint ainsi la capitale de Caca-ponique. Primabeille était toujours la reine des abeilles, alors que Généfourm, au vu de son âge avancé, approchait de la retraite. Comme les insectes de la colonie voyageaient entre la capitale et les antennes extérieures, ou bien s'éloignaient à la recherche de nourriture, de plus en plus d'affrontements survenaient entre les insectes des colonies et les exclus, les termites et les araignées. Par conséquent, les fourmis se faisaient attraper et tuer à un rythme alarmant. Les araignées et les termites firent ainsi l'objet de plans stratégiques toujours plus perfectionnés dans la guerre des insectes parce que les autres essayaient d'éviter ces deux prédateurs. Dès le plus jeune âge, Primabeille et Généfourm enseignèrent aux jeunes générations d'insectes la *règle des trois A* pour se défendre contre leurs ennemis : *« Anticipe, Ajuste et Agis en cas de rencontre »*. À mesure que leur intelligence s'accroissait, les insectes de la colonie n'acceptèrent plus de se laisser intimider par les araignées et les termites. Les objectifs des fourmis étaient devenus plus ambitieux : se révolter et protéger les colonies de la planète en exterminant leurs ennemis, araignées et termites. Elles savaient qu'un tel but nécessitait certaines capacités intellectuelles et s'efforçaient donc

de renforcer leur sagacité. Leur conviction était la suivante :
Nous pouvons vaincre ces idiots, il suffit de muscler nos cerveaux, et
Aucune issue fatale avec de bonnes connexions neuronales.

❋ ❋ ❋

Fourmuna n'avait pas vu Arakfretin depuis un certain temps, et elle s'inquiétait pour lui parce qu'elle sentait que la haine des araignées se développait dans la colonie. Alors, elle le retrouva à leur rondin creux habituel.

Fourmuna se faufila dans la bûche et vit son ami.

— Arakfretin, je suis tellement contente que tu sois venu ! Est-ce que tu as rencontré des difficultés en chemin ?

J'espère que tu as fait attention.

Arakfretin surgit de l'ombre et rejoignit Fourmuna.

— Eh bien, on se trouve dans la zone où les araignées ne sont pas tolérées. Mais j'ai appris à me mouvoir discrètement.

Fourmuna enroula ses deux antennes autour d'Arakfretin, puis le regarda rapidement de haut en bas.

— En effet, je vois que tu es maigre. Qu'est-ce que tu manges, ces hexours-ci ?

J'ai bien peur que tu ne manges pas à ta faim.

Arakfretin tourna sur lui-même pour exhiber sa minceur.

— Je suis un régime vémouco.

— Vémouco ? Je n'en ai jamais entendu parler.

Je n'arrive pas à croire que tu sois au régime.

— Je suivais un régime végan comportant des végétaux, des céréales et des noix. Mais je ne tolérais pas les deux derniers.

— Alors, ça veut dire quoi, vémouco ?

J'espère que la viande y est incluse.

— C'est moi qui ai inventé le mot. « Vé » représente les végétaux puisque je mange toujours des graines, du pollen et des champignons. Et j'ai rajouté «mouco» pour les mouches et les coléoptères. Je les mange quand ils se prennent dans ma toile. J'ai besoin de viande, rigola Arakfretin. Par respect pour Dino, pour les jumelles abeilles et pour toi, je libère les termites, les abeilles et les fourmis.

Préoccupée par la minceur d'Arakfretin, Fourmuna continua à l'interroger.

— Mais je croyais que l'armée des araignées te nourrissait. *Et j'ai l'impression qu'ils ne font pas du bon travail.*

— Ça fait longtemps que j'ai quitté l'armée. Comme c'est sur la base du volontariat, je pouvais partir quand je voulais.

— Mais pourquoi tu es parti? demanda Fourmuna. *Pourquoi tu ne me l'as pas dit?*

— Ils ne t'ont pas bien traité?

— Si, mes camarades étaient géniaux, répondit Arakfretin, qui grimaça alors un peu. Mais je n'ai pas aimé les exercices.

— Pourquoi? demanda Fourmuna en haussant son pronotum.

Arakfretin désigna quelques brindilles jonchant le sol à quelques centimètres d'eux et se prépara à cracher.

— J'étais l'un des meilleurs tireurs d'élite de mon unité, et j'adorais m'entraîner sur des bâtons et des pierres. Mais plus tard, ils se sont mis à utiliser de vrais insectes pour ces exercices.

L'idée de tuer pour passer le temps ou pour s'entraîner, puis de laisser les corps pourrir donna des frissons à Fourmuna.

— Quoi? Tu as tué des insectes pour le plaisir? *Je déteste l'armée.*

— Non, on mangeait tout ce qu'on tuait et on utilisait le surplus pour nourrir les jeunes.

— Alors quel était le problème? demanda-t-elle, rassurée par sa réponse.

Ça ne me dérange pas.

À ces mots, Arakfretin lâcha une puanteur oppressante.

— Eh bien, chaque fois que je voyais une fourmi ou un termite, ça me bloquait.

— Ça te bloquait ?

Vraiment ? Je suis stupéfaite.

— Je ne pouvais pas cracher parce que je vous voyais sans cesse, Dino et toi. Et finalement, tout le monde a remarqué que je crachais seulement sur les coléoptères et les mouches.

— C'est adorable, dit Fourmuna en baissant la tête. Je suppose qu'ils se sont moqués de toi.

On dirait que ce n'est pas non plus son truc d'être un soldat.

Arakfretin hocha la tête.

— Je me faisais constamment sanctionner par mes supérieurs, alors j'ai démissionné.

— Qu'est-ce que tu fais depuis, du coup ?

— Je vis seul et je m'occupe de mes toiles. Je les tends près des séquoias. De cette façon, j'attrape plus de coléoptères et de mouches, qui adorent leur sève. Ceux qui se sont abreuvés de sève corsée s'écrasent souvent dans ma toile. Je suppose que je suis contrôleur du VEE, plaisanta Arakfretin.

— De quoi tu parles ? demanda Fourmuna, avec un air surpris.

Je ne comprends pas.

— Pour « Vol en État d'Ébriété », expliqua Arakfretin.

— Oh, j'ai compris ! Après ça, ils doivent avoir la sève triste, plaisanta Fourmuna. En parlant de sève, j'en ai repéré de la corsée dans le coin. Tu veux qu'on en prenne ?

On pourra boire à ta démission.

Arakfretin sortit une petite quantité de fil.

— Ouais, je vais façonner un récipient pour qu'on puisse la rapporter ici.

Fourmuna bloqua alors discrètement la sortie du rondin.

— D'accord, tu prépares le récipient, et je vais chercher la sève. Je ne veux pas que tu te fasses prendre dans la zone interdite aux araignées.

On ne peut pas prendre de risques.

Après ces retrouvailles amusantes autour de la sève corsée, Fourmuna ne vit pas Arakfretin pendant un autre long moment. Elle ne voulait pas lui faire prendre le risque de venir dans la colonie, et elle ne se sentait pas assez en sécurité pour la quitter. Cependant, elle continua à s'inquiéter pour Arakfretin parce que les fourmis redoublaient d'efforts pour élaborer des méthodes sophistiquées visant à combattre les araignées. Combien de temps s'écoulerait-il avant qu'elle ne perde un autre ami ?

🐜 🐜 🐜

Fourmuna se servait du club de mathématiques pour faire travailler son cerveau et se révélait être l'une des fourmis les plus brillantes du club. Mais à mesure qu'elle gagnait en intelligence, elle voulait se cultiver dans d'autres domaines. Fourmuna respectait tellement l'approche d'Algébeille qui consistait à utiliser des principes mathématiques pour améliorer la vie des abeilles qu'elle souhaitait s'en inspirer. Elle fut ravie d'apprendre que le célèbre botaniste Fourmidable allait donner plusieurs conférences publiques pour expliquer comment les découvertes en botanique et en chimie pouvaient aider à comprendre la nature. Elle y assista, désireuse d'en apprendre davantage sur les caractéristiques chimiques de la nature et de savoir comment elle pourrait appliquer ces connaissances pour améliorer la société des insectes.

Fourmidable était exceptionnellement intelligent, profondément curieux et déterminé à comprendre la nature.

— La plus belle chose de la vie est son côté mystérieux, le comprendre peut vous rendre fiévreux, déclara Fourmidable un hexour.

C'était un brillant enseignant, qui transmettait ses connaissances à ses élèves et à la communauté en général. Populaires, ses conférences publiques commençaient par une discussion sur les interactions entre plantes. Il captivait son auditoire, qui buvait les paroles se déversant de derrière ses grandes mandibules grises.

— Les plantes sont assurément de mortels assassins, et leurs sécrétions tuent les mauvaises herbes qui les étoufferaient sinon.

À la fin de son cours, il aborda l'interaction plante-insecte.

— Ces mercenaires verts réservent leurs meilleures défenses aux insectes qui œuvrent contre elles. Ils utilisent des toxines pour nous paralyser ou nous manger vivants.

Fourmidable était un pacifiste et étudiait les plantes uniquement pour le bonheur de comprendre les merveilles de la nature.

Il avait pour devise : « Observe la nature, dans l'ombre et la lumière, et tu verras tout d'un regard plus clair. »

Fourmuna alla à la rencontre de Fourmidable après l'une de ses conférences.

— Professeur Fourmidable, merci. C'était un exposé merveilleux.

Et je voudrais apprendre tout ce que je peux à vos côtés.

— Eh bien, merci. Quel est votre nom ?

— Fourmuna, monsieur.

— Je vous en prie, appelez-moi Fourmidable. Oh, je me souviens de vous ! Ce n'était pas vous la petite initiatrice de l'expérience scientifique qui a été à l'origine de la ferme aux champignons ?

La tête légèrement inclinée, Fourmuna exhala un parfum capitonné.

— Oui, mais mes amis m'ont aidée.

Je suis étonnée qu'il s'en souvienne.

— J'aime les projets scientifiques qui bénéficient au plus grand nombre, déclara chaleureusement Fourmidable. C'est ce que j'essaye de promouvoir auprès de mes apprentis.

— Je suis d'accord, dit Fourmuna en se redressant. C'est pour ça que je voulais vous parler. Je vois comment votre travail peut aider la communauté des insectes, et j'aimerais prendre exemple sur vous. Est-ce que je peux candidater pour devenir votre élève ?

S'il vous plaît, s'il vous plaît ! Je suis même prête à sortir les ordures si vous me le demandez.

Fourmidable commença à rassembler ses affaires.

— C'est bien beau, mais j'ai déjà toute une liste de candidats. En plus, je n'ai jamais enseigné à une femelle auparavant.

Fourmuna ne voulait pas manquer cette occasion. Elle n'avait besoin que de quelques hexondes de plus pour impressionner Fourmidable avec son imagination créative et sa passion pour la science. Elle s'interposa alors entre Fourmidable et ses affaires restées sur le bureau.

— Dans ce cas, je pourrais être la première !

Vous êtes brillant, alors, impossible que vous soyez comme les autres mâles. Acceptez-moi, s'il vous plaît !

Fourmidable contourna Fourmuna et attrapa son étui à crale.

— Eh bien, je ne prends que des étudiants qui ont déjà étudié avec des scientifiques reconnus, et je ne pense pas que votre projet scientifique scolaire compte.

Sur le bureau, Fourmuna attrapa deux tampons servant à effacer la craie et les frappa l'un contre l'autre pour retenir Fourmidable.

— Veuillez m'excuser, mais ce n'était pas un projet scolaire ! J'ai travaillé avec Primabeille et étudié les mathématiques avec Algébeille avant de rejoindre le club de maths des fourmis.

Ce n'est quand même pas rien. J'espère que vous vous en rendez compte.

Fourmidable recula pour éviter le nuage de poussière de craie, mais stoppa sa tentative pour s'échapper quand il entendit ce qu'elle disait. Il réfléchit à la déclaration de Fourmuna avant de parler.

— Eh bien, voilà qui est intéressant. Vous avez rejoint le club de mathématiques et vous vous êtes formée auprès de la reine des abeilles et d'Algébeille.

— Oui, je peux vous apporter des lettres de recommandation si vous le souhaitez, ajouta Fourmuna.

Je vais aller les demander tout de suite.

— Algébeille est une mathématicienne incroyable, répondit Fourmidable. Avec de telles références, comment pourrais-je refuser ? D'accord, je donne une autre conférence publique, à la même heure, l'hexaine prochaine. Retrouvez-moi ici, une hexeure avant. Je vous présenterai quelques projets potentiels dont nous discuterons.

Fourmuna tendit à Fourmidable les tampons désormais propres en bondissant dans un trépignement d'excitation qu'elle était incapable de cacher.

— Merci, Professeur Fourmidable. Je serai là, et vous ne le regretterez pas.

*Je savais que c'*était un esprit éclairé.

— Bien. Vous pourrez m'expliquer comment une jeune femelle comme vous excelle à ce point dans le monde de la science. En plus, dans les mathématiques. J'ai peut-être de bonnes idées pour vous.

～ ～ ～

À ce stade, Fourmidable avait déjà constitué une petite équipe de disciples scientifiques. Certains de ses autres étudiants s'intéressaient également aux applications de la chimie au service des insectes. Mais au moins l'un d'entre eux souhaitait appliquer ses connaissances à d'autres fins. Quand Fourmuna rejoignit l'équipe, l'un des apprentis de Fourmidable se nommait Fourmatome. Intelligent, il avait réalisé que les fourmis pouvaient mobiliser pour la lutte contre leurs ennemis les connaissances que leur apportait Fourmidable.

— Fourmidable est peut-être un *insecte* botaniste, mais avec la guerre à nos portes, je suis une *fourmi* scientifique, déclara un jour Fourmatome.

C'était un gringalet, plus petit que la normale, mais un génie et le meilleur apprenti de Fourmidable. Lorsqu'il avait commencé à étudier avec le professeur, Fourmatome avait fait de nombreuses découvertes majeures qui avaient bénéficié à la communauté des insectes. Pourtant, après avoir perdu son père dans une embuscade de termites et un ami proche dans une attaque d'araignée, les moyens de les vaincre l'obsédaient. Au cours de ses dernières recherches, Fourmatome découvrit que diverses plantes de la jungle produisaient des neurotoxines particulières pouvant paralyser et tuer leurs ennemis termites et araignées par centaines ou milliers à la fois.

— Nous avons l'arme ultime pour vaincre nos adversaires, annonça Fourmatome. Quel termite ou quelle araignée peut se défendre contre cette expertise scientifique ?

En cas de guerre chimique, il valait mieux employer des procédés de dispersion planifiée pour éviter de blesser ses alliés.

— La mort des termites est la grâce des fourmis, si nous l'infligeons avec art et génie, déclarait Fourmatome.

🐜 🐜 🐜

L'hexour où elle retrouva Fourmidable, Fourmuna était tellement excitée qu'elle se présenta dans l'amphithéâtre quinze hexutes plus tôt. Elle découvrit que le professeur était arrivé et avait écrit, sur un tableau noir, les potentiels projets qu'il lui proposait.

Quand il vit Fourmuna entrer dans la salle, Fourmidable se redressa.

— C'est bien, Fourmuna, vous êtes en avance. J'ai fini d'écrire ce que j'ai trouvé pour vous. Permettez-moi d'abord de vous exposer nos récentes découvertes.

À ces mots, Fourmuna se glissa sur une chaise au premier rang de l'amphithéâtre.

— Allez-y, je vous en prie. Tout votre travail me passionne.
Et je suis super excitée.

— Fourmuna, je fais des recherches de terrain en botanique et j'essaye de comprendre la chimie qui entoure la coopération et la concurrence des plantes entre elles.

— Les plantes interagissent les unes avec les autres ? l'interrogea Fourmuna.

Ce type a un savoir vraiment énorme. Je suis impressionnée.

— Oui, elles libèrent des toxines qui tuent d'autres plantes concurrentes poussant près d'elles ou créent des conditions qui contribuent à la fortification des plantes amicales, expliqua Fourmidable.

— Pourriez-vous me donner quelques exemples ? demanda Fourmuna en se penchant.

Je souhaite lui montrer ma curiosité.

Fourmidable aimait cette fourmi.

— Oui, bien sûr, répondit-il. Certains roseaux libèrent de l'acide qui désintègre les racines des plantes trop proches. Et certains haricots disposent de bonnes bactéries qui améliorent l'azote dans le sol et aident ainsi les betteraves à pousser.

— Ouah ! C'est incroyable ! s'exclama Fourmuna, qui excréta un parfum chargé d'ions.

— Les plantes communiquent également avec nous, les insectes, poursuivit Fourmidable.

Fourmuna lança à Fourmidable une autre question.

— Comment cela se fait-il, professeur ?

J'ai hâte d'apprendre de cet expert.

— À votre avis, comment les abeilles trouvent-elles le nectar ? Les fleurs leur envoient des signaux chimiques pour qu'elles viennent le récolter.

Fourmuna se leva alors et se rapprocha de Fourmidable.

— C'est vrai, mais pourquoi les plantes se comportent-elles ainsi ?

J'imagine qu'elles veulent quelque chose en retour.

— Parce qu'elles veulent que les abeilles disséminent leur pollen dans les autres fleurs. C'est la seule façon pour elles de s'accoupler. En effet, elles n'ont pas de jambes, mais les plantes mâles et femelles doivent se rencontrer… les abeilles jouent en quelque sorte les entremetteuses en répandant le pollen.

Peu d'insectes le savent, mais je suis sûr qu'Algébeille en est consciente. Je suis surpris qu'elle ne t'en ait pas parlé.

— Nous étudions les mathématiques, pas la botanique, répondit Fourmuna en rougissant légèrement. Mais avez-vous aussi dit que les plantes utilisent la chimie pour se protéger ?

Je fais tout mon possible pour changer de sujet.

— Oui, c'est ce que j'ai étudié récemment. Il y a plusieurs hexois, j'ai trouvé ces petites fleurs blanches qui poussent sur les bûches en décomposition, dans la forêt. Puis j'ai remarqué que les termites refusaient de les toucher.

— Est-ce que vous avez découvert pourquoi ? demanda Fourmuna.

— Apparemment, les termites qui ont frôlé ces fleurs sont tombés malades. Les fleurs produisaient donc des molécules chimiques pour tenir à distance les termites qui risquaient d'endommager leur habitat.

— C'est vraiment intéressant, dit Fourmuna.

C'est évident que ce type est un génie.

— Ce n'est pas tout. J'ai demandé à l'un de mes apprentis, Fourmatome, d'isoler la molécule chimique en question, et il a déterminé qu'elle était relativement toxique pour les termites et les fourmis.

— C'est bon à savoir, admit Fourmuna avec un sourire. Nous devrions nous tenir à l'écart de ces fleurs.

— En effet. Dans les prairies, j'ai également remarqué ces grandes fleurs pourpres aux tiges épaisses et épineuses, continua Fourmidable.

Fourmuna prit un air renfrogné.

— Oui, je les ai vues de nombreuses fois, mais je n'ai jamais su ce que c'était.

J'imagine que vous allez me le dire.

— Nous les appelons : plantes anti-araignées. Parce que les araignées ne s'approchent pas d'elles. Elles restent à l'écart même si leurs tiges, robustes et grandes, feraient de bonnes charpentes pour leurs toiles.

— Laissez-moi deviner, les tiges sont toxiques pour les araignées, intervint Fourmuna.

C'est le plus probable.

— Oui, sur un des spécimens, une araignée a été envoyée sur la tige par le vent et a été piégée sur les épines, dit Fourmidable, avec de grands yeux. Ce n'était pas joli à voir. L'araignée a eu des convulsions et est morte en quelques hexutes.

— Incroyable ! C'est mieux pour les araignées de rester loin de ces plantes, et j'imagine que les plantes n'aiment pas être envahies de toiles, présuma Fourmuna.

Cependant, je ne sais pas pourquoi.

Avec ses pattes antérieures, Fourmidable mima un étouffement.

— Non, elles n'aiment pas ça. Les fils de soie collants affectent d'une manière ou d'une autre leur capacité à transporter l'eau depuis leurs racines. Et encore une fois, Fourmatome a isolé la molécule chimique toxique.

— Je suppose que cela montre toutes les choses que nous pouvons apprendre au contact de la nature, Fourmuna.

La nature est si merveilleuse ! Je vais adorer cette aventure.

Sur ce, Fourmidable fit signe à Fourmuna d'aller au tableau.

— Oui, laissez-moi vous montrer les projets que je vous propose. Après la conférence, venez au laboratoire pour que je vous présente mes autres apprentis.

⚶ ⚶ ⚶

Après quelques hexaines dans le laboratoire, Fourmuna fit

connaissance avec les disciples de Fourmidable et se renseigna sur leurs sujets d'étude.

Elle fut impressionnée par la phase préliminaire des travaux de Fourmatome visant à créer des médicaments antifongiques afin de sauver la vie de nombreux insectes des colonies. Après avoir fait plus ample connaissance avec elle, Fourmatome expliqua à Fourmuna qu'il concentrait l'agent chimique des fleurs blanches. Il révéla qu'il avait effectué des tests secrets pour déterminer la dose létale de l'extrait sur des termites insouciants, après en avoir déposé sur des bûches qui ne présentaient pas de fleurs blanches. Il décrivit également comment il avait découvert la composition du poison contre les araignées. Ainsi, il se vanta d'avoir synthétisé un isomère de la molécule chimique pour produire la neurotoxine anti-araignée la plus puissante du monde des insectes. Enfin, il lui confia qu'il prévoyait de faire des expériences secrètes sur le terrain avec des spécimens de cette espèce.

Comprenant bien ce que Fourmatome préparait, et pensant à Dinomite, à Arakfretin et aux insectes qui allaient mourir inutilement, Fourmuna, indignée, se fit une mission de le convaincre d'arrêter ses expériences.

Elle tourna sur ton tabouret pour se mettre face à Fourmatome.

— Est-ce que tu comprends l'ampleur de tes découvertes ? lança-t-elle avec une fragrance pétulante. Tu pourrais anéantir Caca-ponique telle qu'on la connaît.

Quand je pense que je te respectais !

— Tuer quelques vilains termites et araignées ne va pas pulvériser la planète, se moqua Fourmatome.

Fourmuna bondit de son tabouret en pulvérisant un parfum piquant.

— Tu ne réalises pas le pouvoir que ça représente ni la fragilité de la nature.

Je n'en reviens pas de ton aveuglement.

— C'est parler comme une femelle, rétorqua Fourmatome en pointant sa patte sur Fourmuna. Et on doit infliger une bonne leçon à la fragilité.

À ces mots, Fourmuna s'interposa entre Fourmatome et ses flacons remplis de toxines.

— Tu sais que je travaille dans l'armée quand je n'étudie pas ici ?

Je pourrais te casser en deux comme une brindille.

Avec un relent âpre, Fourmatome attrapa une des fioles derrière Fourmuna.

— Oui, alors pourquoi tu ne retournes pas à tes jeux de combat au corps à corps ? Comme ça, tu laisserais les réflexions stratégiques de la planète aux vrais scientifiques.

— Et moi qui t'admirais pour tes précédentes recherches de science appliquée ! cracha Fourmuna avant de partir en trombe.

Après quoi, Fourmuna avertit Fourmidable des dangers que représentaient les découvertes de Fourmatome. Néanmoins, à ce stade, le professeur était tellement enchanté par son élève vedette que, selon lui, Fourmatome ne pouvait pas mal agir. Alors au lieu d'intervenir, il jugea que la mise en garde de Fourmuna n'était due qu'à la jalousie qui survenait parfois entre de jeunes chercheurs concurrents.

∗∗∗ ∗∗∗ ∗∗∗

Un jeune et fascinant leader des fourmis, Fourmaléfique, avait pour ambition de remplacer le général Généfourm désormais souffrant. Il prononça des discours passionnés sur la force des fourmis et attira un large public de partisans qui craignaient les araignées et les termites. Avec grand intérêt, il surveilla les découvertes de Fourmidable et de Fourmatome alors qu'il gravissait les échelons politiques. Le commandant Fourmaide, qui était le successeur présumé de Généfourm, avait péri dans une attaque d'araignée. Après quoi, aucun autre militaire n'avait récupéré ce siège vide. À l'époque, l'opinion publique favorisait un leader politique charismatique plutôt qu'un soldat. Fourmaléfique s'imposa donc comme un orateur captivant et un précurseur motivant. Bien qu'il n'ait aucune formation dans l'armée, c'était un militariste convaincu. Il accéda au sommet du pouvoir grâce à un programme proclamant que les fourmis et leurs alliés parmi les insectes ne devraient plus tolérer les sévices infligés par les termites et les araignées.

Fourmaléfique était impitoyable. Il voyait ces deux espèces comme des pions dans son jeu visant à obtenir l'autorité qu'il recherchait, c'est-à-dire gouverner la capitale de Caca-ponique et ses colonies satellitaires. Dans ce but, il exacerba les craintes des insectes de la colonie en amplifiant l'impact qu'avaient les attaques de termites sur eux. Il gonfla notamment le nombre d'insectes de la colonie répertoriés comme disparus et présumés morts à cause des affrontements avec les termites. Il était convenu qu'on s'appuie sur des témoignages pour recenser les insectes tués par des termites. Toutefois, Fourmaléfique ignora ces données et inventa les siennes.

— Rien ne compte d'autre, ni la justice ni la vérité, qu'une victoire qui mette les termites en miettes, rappela-t-il à ses conseillers.

Concernant la falsification des données, il releva aussi les estimations faites sur le nombre d'insectes de la colonie morts sous les coups des araignées. Il comprenait bien que l'intelligence des fourmis et les découvertes de Fourmatome pouvaient bouleverser l'ordre naturel de la chaîne alimentaire ou la dynamique actuelle entre prédateur et proies.

— Pendant des hexennies, les araignées se sont rempli le ventre d'insectes, déclara Fourmaléfique à ses partisans. Il est temps de renverser la vapeur, avec les six pattes qui domineront les arthropodes !

Grâce à leurs nouveaux moyens offensifs, Fourmatome et lui avancèrent que les insectes pouvaient se passer de la *règle des trois A*. Fourmaléfique vociférait les cris de guerre suivants : « *L'Arachnicide est notre guide* » et « *Extermination de la termit'nation* ». Et sa devise en matière de guerre et de paix était : « Nos combats ni ne ralentiront ni ne cesseront tant que les araignées et les termites en charpie ne seront ».

Par conséquent, la majorité des fourmis adhérèrent rapidement au programme de Fourmaléfique, mais il dut travailler dur pour convaincre les autres insectes de la colonie. Alors même que les humains avaient sous-estimé l'intelligence des insectes sur Terre, il était évident que l'augmentation de la durée de vie sur Caca-ponique décuplait drastiquement les capacités des insectes, autant intellectuelles que physiques, et leur permettait aucune exd'atteindre plus facilement leurs objectifs.

À l'instar de Fourmuna, grâce à la confiance qu'elle avait acquise après son admission dans le club « B Jeez », Annabeille se cultivait sur son temps libre après le travail. Cependant, contrairement à son amie, elle étudia la politique, et non la science. Encouragée par la fourmi, elle alla voir Primabeille pour en apprendre davantage sur l'intégration sociale et la coopération entre les insectes. Mirabeille l'aurait bien accompagnée, mais elle avait contracté une mystérieuse maladie qui lui pompait son énergie. Sa sœur supposait qu'une inflammation neurologique la faisait souffrir, sans doute un type de *miellite*.

— Mirabeille, j'aurais aimé que tu viennes avec moi pour te former auprès de Primabeille, dit Annabeille, penchée sur le lit de sa jumelle.

— Oh, Annabeille, je n'ai pas la force ! répondit Mirabeille en levant lentement sa tête et son pronotum. J'arrive à peine à me lever le matin pour aller récolter du nectar, et l'après-midi, je suis épuisée.

— Ça ne demande pas beaucoup d'énergie de s'asseoir et d'écouter un brillant esprit.

Cependant, consciente qu'elle devait poursuivre ses objectifs sans sa jumelle qui avait toujours été présente, le monde d'Annabeille s'écroula. Elle fit de son mieux pour ne pas laisser le chagrin transparaître sur son visage.

— S'il te plaît, regarde à quel point je suis vidée, répondit Mirabeille en se laissant retomber sur le lit. Et ça me tuerait si je transmettais cette affection à notre reine. Alors, vas-y toute seule.

✸ ✸ ✸

La veille de sa rencontre avec Primabeille, Annabeille retrouva Fourmuna, qui lui expliqua les découvertes de Fourmatome.

— Ces toxines sont si puissantes que Fourmaléfique et Fourmatome pourraient éradiquer toute la population d'araignées et de termites, révéla son amie.

— Oh, Primabeille m'en a parlé ! s'exclama Annabeille. On appelle ça un familicide lorsqu'une espèce d'insectes en extermine une autre, et c'est horrible !

Je n'aurais jamais pensé que quelqu'un pourrait faire une telle chose.

— Oui, et si elles ne sont pas bien manipulées, les toxines pourraient même se retourner contre le reste de la population et nous tuer tous.

À ces mots, Annabeille pâlit.

— Est-ce que tu peux m'accompagner ce soir, pour ma rencontre avec Primabeille ? On doit l'avertir.

Je n'arrive pas à croire qu'un truc pareil puisse arriver. On doit tout faire pour empêcher ce désastre.

Après qu'elles furent entrées dans les quartiers de la reine, Annabeille fut la première à prendre la parole.

— Votre Majesté, j'espère que cela ne vous dérange pas. J'ai amené mon amie Fourmuna.

Jamais je n'ai connu une urgence pareille.

À ces mots, Primabeille se leva soudain de son trône.

— Oh, pas de soucis ! Je me souviens bien de Fourmuna. C'est cette fille solaire dont l'expérience scientifique avec les champignons a rayonné sur toute la communauté.

— Vous me flattez, ma reine, répondit Fourmuna. Si je me souviens bien, l'idée était la vôtre.

— Non, Fourmuna. C'est toi qui es allée trouver le nectar de mes objectifs florissants.

— Ma reine, intervint Annabeille, avec une révérence. Fourmuna doit vous faire part d'importantes nouvelles dont vous devriez avoir connaissance, au sujet de son collègue Fourmatome.

Je crains que ce ne soit pas une simple visite de courtoisie.

Fourmuna décrivit les détails des travaux de botanique de Fourmidable et des terribles expériences de chimie menées par Fourmatome.

— Alors, quelle est la mutation de l'isomère qui rend la

toxine si nocive pour les araignées? demanda Primabeille
à Fourmuna.

Cette question surprit Annabeille.

Fourmuna expliqua la composition chimique de la molécule, dont Primabeille examina chaque aspect pendant qu'Annabeille observait, assise, avec un air émerveillé.

Soudain, elle bondit de sa chaise.

— J'ai toujours su qu'il fallait être attentif à tous les détails
pour assurer la sécurité de notre communauté. Mais je me
rends compte maintenant qu'être reine ne se résume pas qu'à
la politique.

Ma reine, vous êtes impressionnante ! Je suis ébahie.

— Annabeille, j'espère que tu apprendras qu'il n'y a pas
de vice plus dangereux que l'ignorance, déclara Primabeille en
posant l'un de ses crochets sur le pronotum de l'abeille. Pour
progresser, nous devons engranger toutes les connaissances pos-
sibles, sans tenir compte de nos forces et nos faiblesses.

— Votre Majesté, vous êtes inspirante, ajouta Fourmuna
en diffusant une fragrance éclatante.

— Arrêtez avec les formules de politesse, ordonna
Primabeille. J'essaye simplement de conserver mon avance sur
vous deux.

Ce compliment fit rire Annabeille.

— Mais que pouvons-nous faire ?

Si quelqu'un peut nous aider, c'est bien vous.

Avec un air concentré, Primabeille prit la parole.

— Eh bien, j'ai discuté deux ou trois fois avec Fourmaléfique
de ses ambitions et j'ai découvert qu'il était inutile de tenter de
le raisonner. Désolé, Fourmuna. Mais je dois dire que les fourmis mâles sont uniques en leur genre. Sur Terre, de nombreuses
espèces de fourmis ne produisent que le nombre de mâles

suffisant pour l'acte d'accouplement, après quoi ils meurent. Je m'interroge, mais je crois que ce n'est pas une si mauvaise chose.

Ravie, Fourmuna trouvait libérateur de partager la frustration que lui inspiraient Fourmatome et Fourmaléfique.

— Je ne le prends pas mal, ma reine. Je pense comme vous.

— Est-ce qu'on peut agir d'une quelconque manière ? demanda Annabeille en dégageant un parfum larmoyant.

Je n'ai jamais été aussi désespérée.

— Ils nous ont fait avaler un énorme mensonge pour nous faire imaginer un danger qui n'existe pas. Pour nous faire douter de nos amis et rejeter l'étranger comme un paria, déclara Primabeille. Ce sera impossible de raisonner Fourmaléfique, alors vous devrez directement vous adresser à la population.

— Vous m'avez bien appris à défendre mes opinions et enseigné la puissance de la protestation pacifique, répondit Annabeille. Mais comment une petite abeille peut-elle convaincre des fourmis et d'autres insectes ?

Là, vous me dites que je dois prendre la parole.

— Le succès n'est jamais garanti, commença Primabeille. Mais de nombreuses contestations démarrent avec un seul individu, parfois même avec des adolescents ou des enfants. Tu as Mademoiselle Solaire avec toi. Je suppose qu'elle va vouloir mettre de côté la chimie pour l'instant, jusqu'à ce que cette affaire soit réglée.

— Merci, ma reine. On fera tout notre possible ! promit Annabeille.

CHAPITRE 6

TOUT N'EST PAS PERDU

Que sont l'honneur, le courage et le
sens de la vie d'un insecte ?
Jamais ne perds tes valeurs, résiste à la haine innée,
Et combats les rancœurs, de l'œuf à l'éternité.
Assure ta lignée dans le fil de l'ontogénie,
Tout en bravant les clans de notre phylogénie.

DÉÇUE QUE FOURMIDABLE ait ignoré ses avertissements au sujet de Fourmatome, Fourmuna mit de côté ses travaux pratiques pour aider Annabeille à organiser une résistance pacifique. Elle et l'abeille y mirent toute leur énergie, mais échouèrent à enrayer la mécanique que Fourmaléfique et Fourmatome avaient mise en mouvement. Elles organisèrent plusieurs manifestations et inspirèrent ainsi des groupes d'activistes pacifistes de bonne taille. Mais après que Fourmaléfique eut assigné des corvées supplémentaires à Fourmuna dans l'armée, et qu'Annabeille eut commencé à recevoir des menaces, elles se rendirent compte de la force contre laquelle elles se dressaient.

Une fois sa matinée d'entraînement finie à la base des fourmis, Fourmuna retrouva son amie.

— Annabeille, ils m'ont dit que je devais faire deux gardes et dormir à la caserne.

Je suis vraiment énervée.

Annabeille grignotait une boule de pollen qu'elle avait récupérée lors de sa dernière sortie.

— Est-ce que tu vas pouvoir donner un coup de main pendant tes hexours de congé ?

— Je n'en ai aucun au programme. Je sais que Fourmatome et Fourmaléfique y sont pour quelque chose. Si je refuse ou démissionne, mon sergent a dit que je passerai devant la cour martiale ou que je serai exécutée pour trahison.

À ces mots, Annabeille lâcha sa boule de pollen.

— Exécutée ? Ouah ! Ils ne rigolent pas.

Fourmuna ramassa le pollen et fit une grimace après en avoir pris une petite bouchée.

— Oui, j'ai bien peur que tu doives te débrouiller sans moi.

Je suis vraiment désolée, mais je n'ai pas le choix.

Sur ce, Annabeille attrapa la boule de pollen des pattes de son amie, fourra le tout dans sa bouche, rota et reprit la parole.

— Plusieurs manifestants m'ont dit abandonner après avoir reçu des menaces de mort. Mais je dois continuer, car cette cause est trop importante.

Les yeux baissés, Fourmuna libéra une puanteur aigre.

— Annabeille, je n'en peux plus. Je suis tellement frustrée ! J'ai encouragé les insectes à coopérer, mais personne n'écoute. Fourmaléfique met tout le monde sur les nerfs, et maintenant, je ne peux même plus quitter la base d'entraînement des fourmis. J'ai un poste de soldat, mais je ne peux pas choisir la guerre que je veux mener.

S'il te plaît, ne me déteste pas.

— Fourmuna, ne t'inquiète pas. Je m'occupe de tout, dit Annabeille avec un long regard rempli de tendresse pour son amie. Tu as inspiré beaucoup plus d'insectes que tu ne le penses. Sans oublier que Primabeille et toi m'avez donné un but que j'avais passé ma vie à chercher.

Dressée sur ses pattes postérieures, elle battit des ailes.

— Mirabeille m'a toujours dit que j'avais de la fougue et de la passion à revendre. Désormais, je sais à quoi elles vont servir.

À ces mots, une odeur solaire envahit l'espace environnant. Fourmuna releva alors la tête.

— Annabeille, si quelqu'un est capable d'arrêter Fourmaléfique, c'est bien toi. Je ne me battrai peut-être pas à tes côtés, mais je serai toujours de tout cœur avec toi.

Au cours des six hexaines suivantes, Fourmuna ne vit pas Annabeille, parce qu'elle était confinée sur sa base d'entraînement. Cependant, elle apprit que son amie redoublait d'efforts et organisait de nombreux rassemblements qui attiraient de plus en plus d'insectes. À de multiples reprises, Annabeille prononça des discours enflammés qui captivèrent les foules considérables venues l'entendre parler. Pour ainsi dire, son enthousiasme sans limites trouva la direction que ses partisans et elle devaient prendre afin de contrer le plan d'action virulent de Fourmaléfique. Elle poursuivit ses manifestations qui se multiplièrent nuit après nuit. Avec son message pacifiste, Annabeille figurait souvent dans les journaux, et parfois, les nouvelles annonçaient que les protestations avaient pris une tournure violente. Un matin, après avoir pris part à un exercice de trois hexours, Fourmuna apprit que Mirabeille voulait la voir. Une fois son entraînement fini, Fourmuna avait la chance de pouvoir profiter de son premier hexour de congé depuis qu'elle avait commencé les doubles gardes. Elle envoya immédiatement un message pour lui dire qu'elle la rencontrerait le lendemain après-midi.

Lorsque leur amie arriva, Mirabeille se leva du lit.

— Fourmuna, merci d'être venue me voir. Malheureusement, j'ai d'horribles nouvelles, qu'une mouche amie d'Annabeille m'a données.

Après avoir enlacé Mirabeille, Fourmuna se laissa tomber sur la chaise la plus proche.

— Qu'est-ce qui s'est passé ?

Je crains le pire.

Mirabeille s'assit sur la chaise voisine.

— Il y a deux hexours, la protestation d'Annabeille est devenue très violente, malgré ses appels aux manifestants pour qu'ils observent un comportement pacifiste.

À ces mots, Fourmuna se leva et frotta le dos de Mirabeille avec ses antennes.

— Est-ce qu'Annabeille a été blessée ?

Je n'aurais jamais dû la laisser le faire seule.

— Je ne sais pas. Les sbires de Fourmaléfique ont déferlé sur la foule et ont capturé les manifestants. Seule son amie mouche s'est échappée.

— Qu'est-ce qui leur est arrivé ? s'exclama Fourmuna en levant ses pattes antérieures en l'air. Ils les ont arrêtés ? Ils vont être jugés ?

Je ne veux pas imaginer que Fourmaléfique les massacre.

En s'affaissant un peu plus sur sa chaise, Mirabeille dégagea un effluve glacial.

— Non, on n'a eu aucune nouvelle. Comme s'ils avaient disparu. Et aucun représentant des autorités ne parle de l'incident.

Parcourue de frissons, Fourmuna se rassit.

— C'est vraiment effrayant. Tu as parlé à la police ou tu es allée au tribunal ?

Je n'y crois pas.

Mirabeille baissa la tête sur la table placée à côté d'elle.

— Oui, j'ai tout essayé. J'ai même parlé à Primabeille, et elle ne sait rien.

Le dos bien droit, Fourmuna observa Mirabeille avec un air sceptique.

— J'ai peur. Je sais de quoi Fourmaléfique est capable.

Maintenant, je me dis qu'il serait capable de les tuer.

Réalisant qu'elles parlaient de la mort de sa sœur, Mirabeille, envahie par un sentiment d'horreur qu'elle n'avait jamais éprouvé, leva la tête.

— Moi aussi. Je crains qu'ils ne les aient exécutés sans procès. Si Annabeille meurt, je la suivrai.

Tout aussi inquiète que Mirabeille au sujet de sa sœur de cœur, Fourmuna serra Mirabeille dans ses pattes pour essayer d'apaiser son angoisse.

— Je ne mentirai pas en disant que l'idée ne m'a pas traversé l'esprit, mais on doit rester fortes.

J'espère qu'il y a une autre explication.

À ces mots, des larmes coulèrent des grands yeux de Mirabeille.

— Fourmuna, j'ai été gravement malade ces derniers temps, mais ce cauchemar m'a achevée. Je n'ai ni mangé, ni dormi, ni travaillé. Je suis au bout du rouleau.

— Je sais, mais on doit rester fortes pour Annabeille et

ne jamais perdre espoir, l'exhorta la fourmi en répandant un effluve chaleureux qui, espérait-elle, serait capté par Mirabeille.

Malgré l'absence d'Annabeille, les protestations pacifistes persistèrent, accompagnées de chants du genre : *Où, mais où sont nos insectes absents ? Fourmaléfique et Fourmatome sont les coupables évidents.* Deux hexaines plus tard, une dépêche rapporta que les autorités avaient découvert une fosse commune, où se trouvait une multitude d'insectes, de l'autre côté de la forêt de séquoias, au sud de la colonie. Les preuves révélaient que la bande de Fourmaléfique avait empoisonné tous les manifestants la nuit où Annabeille avait disparu. Par conséquent, les manifestations en cours cessèrent. Pour Mirabeille, qui n'avait ni mangé ni dormi depuis la disparition de sa sœur, ce fut la goutte de trop. Quand Fourmuna vint en visite pour la consoler, elle découvrit son corps sans vie, dans une alvéole de la ruche où habitait son amie.

— Oh, Mirabeille ! Oh, Annabeille ! Qu'est-ce que je vais faire sans vous, mes sœurs ?

Après avoir vu les assistants de Primabeille venir enlever la dépouille, Fourmuna partit de la ruche à toute vitesse. Certaine qu'elle ne se relèverait jamais de sa désolation, sur son passage, elle embauma les domestiques d'un effluve plaintif.

Désormais, toute la communauté des insectes tremblait sous l'autorité de Fourmaléfique. Il persuada les citoyens de la colonie de partir en guerre et constitua une grande armée d'insectes qui lui apportèrent leur soutien. Durement touchée par la perte d'Annabeille et de Mirabeille, Primabeille céda également aux demandes de Fourmaléfique. Caca-ponique n'avait jamais connu une armée comme celle qu'il forma, avec des fourmis et d'autres insectes des colonies. Comme Fourmatome jouait un rôle déterminant dans le plan de Fourmaléfique, celui-ci le promut au rang de général des armées interinsectes, bien que lui-même continuât à chapeauter la plupart des opérations stratégiques. Toutefois, Fourmaléfique et Fourmatome allaient tellement de pair que le scientifique amorçait des opérations avant même que Fourmaléfique lui en donne les directives.

— Fourmatome, je veux que vous formiez des troupes de fourmis et de cafards qui auront pour mission de transporter au travers de la planète, vos neurotoxines contre les araignées et les termites, ordonna Fourmaléfique.

— Oui, monsieur, ils ont fait leurs valises et sont prêts à partir, répondit Fourmatome.

J'ai hâte d'utiliser mes découvertes pour mener à bien notre vengeance.

Après avoir traversé la pièce, Fourmaléfique se plaça devant une grande carte accrochée au mur.

— Et que les vers creusent de grands tunnels pour dissimuler des réserves de ces produits chimiques dans toute la région.

Fourmatome s'approcha de son supérieur.

— Les vers sont prêts. Nous avons identifié de nombreuses grottes que nous pouvons utiliser comme plaque tournante, indiqua-t-il en touchant divers points de la carte.

Nous sommes prêts.

— Excellent, répondit Fourmaléfique en tendant ses membres antérieurs. Demandez aussi aux coléoptères xylophages de percer partout des trous, aussi bien dans les arbres morts que dans les arbres vivants. Ensuite, nos fourmis soldats pourront les remplir d'acide formique ou de toxine anti-termite.

— Oui, les fourmis utiliseront leur télépathie pour répandre les poisons, expliqua le scientifique. L'acide formique tuera par contact, et les toxines s'infiltreront dans le bois que mangent les termites.

J'imagine bien la souffrance qu'on peut infliger ainsi à cet ennemi détesté.

À ces mots, Fourmaléfique se frotta les griffes.

— Parfait, et les termites sont trop stupides pour réaliser que les trous servent de piège. Quand ils mangeront le bois, ils ne se douteront pas que nous l'avons empoisonné. Il sera donc trop tard. Quelle chance pour nous, insectes futés, que ces termites ne sachent pas cogiter, proclama-t-il après s'être levé.

— Oui, Fourmaléfique, la victoire sera facile contre les termites, confirma Fourmatome en souriant.

Je suis ravi de pouvoir enfin venger le meurtre de mon père sous les griffes de ces êtres infects.

— Côté araignées, vous devriez demander aux abeilles et aux mouches d'effectuer des raids aériens afin de larguer sur leurs toiles des bombes remplies d'eau et de neurotoxines, conseilla Fourmaléfique.

Fourmatome regarda par la fenêtre du bureau de son supérieur. *Notre attaque rend hommage à mon ami disparu.*

— Les araignées ne sauront faire la différence entre les toxines, la pluie ou la rosée, et le poison viendra les paralyser avant qu'elles comprennent leur misère.

Sur ce, une puanteur aigre vint souiller l'air.

Les araignées ripostèrent, tendirent quatre fois plus de toiles, et firent de plus en plus souvent usage de leurs crocs à mesure qu'elles attrapaient davantage d'insectes. Prises dans les toiles quand elles regagnaient leur colonie, les mouches et les abeilles étaient mordues et mises en morceaux par les chélicères acérés, malgré leurs efforts pour se libérer. Après avoir tendu leurs pièges, des fourmis, des cafards et des coléoptères isolés se pressaient de partir, mais se retrouvaient pris au piège et rongés par la salive cuisante des araignées. La soie collante, qui entravait leurs mouvements et brûlait leurs exosquelettes, leur infligeait d'atroces souffrances. De son côté, Arakfretin avait déjà quitté l'armée et faisait profil bas. Il espérait éviter de se faire rappeler.

Des hordes de termites affluèrent également sur les vers qui creusaient des tunnels dans le but de stocker des munitions. Ils éviscéraient les vers, trop lents pour s'échapper, et les dévoraient de l'intérieur, alors que ceux-ci s'efforçaient de chercher à se mettre en sécurité sous terre. Dinomite se battait durement aux côtés de ses compagnons termites, mais préférait attaquer les fourmis plutôt que les vers. Malgré les victoires mineures des araignées et des termites, les insectes de la colonie, plus ingénieux, trouvèrent des moyens d'éviter de se faire repérer et répandirent les toxines sur toute la planète.

Toujours en deuil, Fourmuna rejoignit son unité militaire, non parce qu'elle voulait se battre, mais pour d'autres motivations. En effet, elle voulait trouver Dinomite et Arakfretin, qu'elle espérait pouvoir convaincre de fuir à l'autre bout de la planète ou dans les colonies extérieures, encore épargnées par les combats. Primabeille lui envoya ses condoléances pour la mort des abeilles jumelles. Elle informa Fourmuna qu'elle tentait de convaincre Fourmaléfique de permettre à un petit groupe de termites et d'araignées de s'installer près des colonies satellitaires, s'ils promettaient de vivre en paix avec les colons. Fourmuna ne savait pas si Fourmaléfique serait prêt à accepter la proposition de Primabeille, mais dans ce cas-là, Dinomite et Arakfretin disposeraient d'une solution pour survivre. Elle répondit à la reine des abeilles pour lui demander la réponse de Fourmaléfique. S'il passait cet accord, elle prévoyait d'amener Dinomite et Arakfretin là-bas.

Cela ravit Fourmuna d'apprendre que sa prochaine mission la conduirait dans une zone parsemée de bois mort, où elle s'attendait à trouver Dinomite. Lorsque celui-ci vit les fourmis approcher, avec les coléoptères sur leurs talons, il se tapit dans l'ombre. De son côté, Fourmuna était accompagnée de quatre fourmis, tandis que Dinomite était entouré de six termites. Les autres termites sautèrent sur les fourmis à leur passage et les coléoptères se dispersèrent. Au début, Dinomite temporisa afin de faire son numéro habituel de termite estropié, pendant lequel il restait immobile, avant de se jeter sur les fourmis restantes qui pensaient s'en sortir indemnes. Fourmuna, qui était à l'arrière du groupe, évita la mêlée initiale au cours de laquelle les autres fourmis et les termites se mirent de toute évidence à s'entretuer. Fourmuna était la dernière debout quand Dinomite lui sauta dessus. À ce moment précis, Fourmuna réalisa qu'il s'agissait de son ami, et dévia donc son jet mortel d'acide largement à gauche. De son côté, Dinomite ne vit pas qu'il s'en prenait à elle jusqu'à ce qu'il la cloue au sol et se prépare à la décapiter.

— Dino, c'est moi, Mune ! cria-t-elle.

Ne me blesse pas.

Dinomite entendit sa voix, et son esprit s'emballa ; ses pensées oscillaient à la limite de la haine et de l'amitié. La même bataille intérieure qu'il menait depuis plus longtemps qu'il ne l'aurait souhaité. Finalement, il lui épargna la vie.

— Je te déteste ! l'accusa-t-il. À cause de toi, j'ai été rétrogradé et réaffecté ! Tu es une menteuse, comme toutes les autres fourmis cruelles.

Bien qu'elle fût toujours entre les griffes de Dinomite, Fourmuna se détendit.

— Je t'ai sauvé la vie.

Tu n'as pas compris quelle était mon intention ?

Dinomite desserra sa prise, mais resta sur elle.

— Tu n'as jamais été malade.

À ces mots, Fourmuna caressa le visage de Dinomite avec ses antennes.

— Non, mais je savais que tu allais mourir. J'ai donc voulu te faire abandonner la mission. C'était la seule solution.

Si seulement il savait à quel point je tiens à lui !

Plus il passait de temps au contact de Fourmuna, plus la haine de Dinomite s'envolait, car elle faisait preuve de la même douceur et de la même compassion qu'avant. Il était forcé de le reconnaître.

Dinomite se recula, mais resta à portée d'antenne de Fourmuna.

— Eh bien, ton stratagème a marché, mais ma carrière en a souffert. J'ai été la risée de l'armée.

— Mais tu es en vie, dit Fourmuna en caressant son ami avec ses pattes antérieures et en lâchant un effluve délicat, et je veux que tu le restes. Promets-moi que tu t'enfuiras dans les colonies périphériques. Certains termites et araignées auront peut-être une chance d'y vivre en paix.

Et peut-être qu'on pourra raviver notre amitié.

Brusquement, Dinomite se leva, mais continua à surveiller de près Fourmuna.

— Quoi ? Déserter et abandonner mes frater-mites ? Je ne peux pas faire un truc pareil !

À ce moment-là, l'une des fourmis blessées se retourna et vit un termite dominer Fourmuna de sa hauteur. La fourmi souffla alors son acide formique sur Dinomite avant de s'écrouler à nouveau. À l'agonie, Dinomite recula alors que son exosquelette se consumait et qu'il succombait lentement à ses blessures. Fourmuna agrippa Dino et le tint plus fermement contre elle que la fois, dans le marais, où il avait sombré sous l'eau. La lueur affligée qui brillait dans le regard de Dino exprimait ses regrets du temps qu'ils avaient perdu. Dans les hexutes qui précédèrent sa mort, il lui raconta sa préparation mentale et les relations qu'il avait eues avec ses supérieurs, avec ses nouveaux amis et avec Maximite. Lorsqu'il réalisa que la fin approchait, il essaya de se justifier et de se faire pardonner pour l'horrible façon dont il avait traité Fourmuna, que ce soit ouvertement ou mentalement.

Avant que son ami meure, Fourmuna le câlina avec la douceur d'une mère pour son nouveau-né.

— Je t'ai toujours considéré comme un ami, et je te pardonne pour tes pensées et tes actes haineux.

Mettons tout ça derrière nous.

— Remets-moi dans l'eau, Mune, je brûle, demanda Dinomite à Fourmuna, juste avant de mourir.

À l'instant où son ami mourut, tout se brisa en elle.

— Je suis désolée, Dino, se lamenta-t-elle. J'ai essayé de te sauver encore une fois, mais tu m'as épargnée. J'espère que les guerres n'existeront pas dans ta prochaine vie, et qu'on pourra rester amis pour toujours.

Pourvu que Primabeille ait obtenu ce qu'elle voulait !

Malheureusement, la guerre continua. Les araignées tissaient leurs toiles à un rythme plus effréné et les termites tendaient des embuscades occasionnelles, mais cela ne faisait pas le poids face aux armées d'insectes de Fourmaléfique, supérieures en nombre et en ruse. Chaque matin, des centaines de milliers d'araignées se faisaient paralyser et asphyxier par les toxines de Fourmatome en parcourant leurs toiles recouvertes de rosée. Les neurotoxines agissaient par contact et étaient absorbées par leur peau velue. Au début, c'était indolore, mais plus tard, des salves de douleurs virulentes enflammaient les terminaisons nerveuses des arachnides, qui suffoquaient. Elles se noyaient dans un océan d'air qu'elles ne pouvaient pas respirer, à cause de leurs trachées bloquées et de leurs poumons obstrués.

Conformément aux plans de Fourmaléfique, des millions de termites moururent également. Soit leur corps se liquéfiait lorsqu'ils entraient dans des trous piégés, soit ils s'empoisonnaient lorsqu'ils rongeaient du bois mort pour se nourrir ou s'abriter. Dans le premier cas, leur corps fondait sous l'effet de l'acide, en les emportant progressivement vers les ténèbres. Dans le cas où les termites mangeaient du bois contaminé, ils mouraient dans d'atroces souffrances causées par l'ulcération de leur estomac, dont la paroi se dissolvait lentement. Quand son contenu se déversait dans l'organisme, ils étaient pris d'une douleur tenace et d'une fièvre funeste qui les consumaient. Face au poids de ces souffrances, les araignées et les termites se retrouvèrent complètement démoralisés par les armées de Fourmaléfique, et seuls quelques milliers d'entre eux se cachèrent où ils le pouvaient.

Au cours d'un discours enflammé visant à inspirer un ultime élan d'énergie à ses troupes, Fourmaléfique rappela l'efficacité des ingénieux efforts déployés par ses équipes pour vaincre les termites et les araignées.

— Quel termite peut nous tendre une embuscade imprévue quand la fièvre que nous lui avons inoculée le bat, vaincu ?

Une équipe d'insectes au cerveau affûté vaut mieux que l'araignée et ses crocs acérés! ajouta-t-il.

Alors que la guerre touchait à sa fin, l'armée accorda à Fourmuna un congé prolongé. Elle profita de ce temps qui lui était accordé pour chercher Arakfretin et le découvrit, caché dans le rondin creux où ils s'étaient vus la fois précédente. Elle avait eu l'intuition qu'il s'y trouverait. Avant de venir le voir, elle avait reçu un message de Primabeille qui l'informait que Fourmaléfique avait consenti à autoriser les araignées et les termites survivants à s'installer près des colonies périphériques.

Après avoir couru vers Arakfretin, Fourmuna le serra dans ses pattes.

— Feu, je ne sais pas pourquoi, mais je savais que je te trouverais ici. Est-ce que tu as su ce qui est arrivé à Dinomite, Mirabeille et Annabeille?

Je suis sûr que oui.

— Je suis venu ici pour me recueillir, confia-t-il en s'affaissant un peu dans l'étreinte de Fourmuna. J'espérais que tu viendrais aussi.

Ils restèrent longtemps enlacés pour se réconforter mutuellement dans leur chagrin commun. Bien qu'il n'ait pas été aussi proche des sœurs abeilles et de Dino que Mune l'était, Arakfretin se rappelait avec émotion les bons moments passés aux côtés de ses amis d'enfance. Cela l'attristait de savoir qu'il ne lui restait plus que ces souvenirs de jeunesse de ceux qui se souciaient le plus de lui. Mais il s'accrochait au fait que Fourmuna, le lien qui les unissait tous, était toujours là.

— Portons un toast à nos vieux amis, déclara Fourmuna

après être retournée à l'entrée de la bûche. J'ai vu de la sève corsée s'accumuler sur le sommet de ce rondin.

Ils méritent qu'on leur rende hommage.

— Eh bien, si c'est en hommage à Dinomite et aux abeilles, je ne peux pas refuser, affirma Arakfretin.

Les deux amis engloutirent la sève corsée, et après de longues hexutes à verser des larmes ensemble, ils passèrent de bons moments euphoriques à boire à la mémoire de leurs vieux amis et à se remémorer le bon vieux temps.

— Arakfretin, je quitte l'armée et je veux t'emmener dans les colonies périphériques, déclara Fourmuna après avoir bu la dernière goutte de sève corsée.

Je me fiche de ce que pense Fourmaléfique.

— Pour quoi faire? s'exclama Arakfretin. Tu vas risquer ta vie si tu caches un fugitif.

La mine renfrognée, Fourmuna diffusa un relent rance.

— J'ai essayé de convaincre Dinomite de venir quand on s'est croisés sur le front. Mais mon camarade d'unité l'a aspergé sous mes yeux, et il est mort dans mes pattes, victime de cette affreuse guerre. Je refuse qu'il t'arrive la même chose.

Tu es le dernier de mes plus proches amis.

— On pourrait se faire prendre, et ils nous tueront tous les deux! rétorqua Arakfretin.

— On peut voyager de nuit et se tapir dans l'obscurité pendant l'hexour, répondit Fourmuna. Tu as réussi à éviter de te faire repérer.

On peut y parvenir ensemble.

— J'ai survécu parce que je ne tisse plus de toiles et que je ne mange que des fruits et des graines, expliqua Arakfretin.

— Eh bien, tu peux me montrer comment éviter de me faire capturer. Après ma désertion, je serai aussi une fugitive.

Ce sera une aventure pour nous deux.

— Mais pourquoi tu veux te rendre dans les colonies péri-phériques ? demanda Arakfretin avec une mine renfrognée.

— L'amnistie ! déclara Fourmuna en écartant ses pattes antérieures. Primabeille m'a dit que Fourmaléfique avait accepté de laisser vivre quelques termites et araignées dans les terres voisines des colonies périphériques.

On doit tenter notre chance.

— Et tu fais confiance à la promesse qu'il a faite à Primabeille ? lui demanda Arakfretin.

— Je fais confiance à Primabeille, mais pas à Fourmaléfique, répondit Fourmuna. C'est pour ça qu'on doit fuir et patienter jusqu'au moment où on découvrira si c'est un piège ou non.

C'est notre seul espoir.

Depuis le bannissement des araignées, Arakfretin s'était senti tellement isolé qu'il avait l'impression d'être un ermite perdant la boule. Après s'être approché de Fourmuna pour l'en-lacer, il diffusa une odeur sirupeuse.

— En vérité, Mune, je me suis senti si seul ! Je te suivrais n'importe où.

— Très bien, dormons pour récupérer après cette sève corsée et partons à la nuit tombée, conclut Fourmuna.

Le voyage pour rejoindre les colonies périphériques n'était pas très long, mais les troupes circulaient partout et prenaient soin de rester discrètes. La plupart d'entre elles se redéployaient pendant l'hexournée et dormaient la nuit. Quand l'astre solaire était levé, les deux amis devaient donc trouver une cachette sûre, et durant la nuit, lorsqu'ils se déplaçaient, ils devaient faire attention de ne pas déranger les militaires endormis. Heureusement, la guerre était sur sa fin, et il n'y avait plus beaucoup d'affrontements. Les quelques unités qu'ils croisaient n'avaient même pas de sentinelles pour monter la garde. Comme Arakfretin avait évité de se faire repérer pendant des hexours, il était passé maître dans l'art de rester discret et enseignait à Fourmuna ce qu'il savait. Ils se nourrissaient de fruits et de graines, ce qui leur donnait largement de quoi manger et boire, et ils complétaient leur hydratation grâce à la rosée du matin.

Quand ils atteignirent les colonies périphériques, Arakfretin se cacha pendant que Fourmuna partit à la recherche d'un logement. Elle expliqua au gérant du nid que sa précédente implantation n'avait pas été un succès, ce qui la forçait à chercher un nouvel endroit. Les choses de ce genre arrivaient souvent au sein de nouvelles contrées, donc l'intendant ne se montra pas méfiant. Fourmuna l'informa aussi que ses supérieurs l'avaient relevée de ses fonctions dans l'armée, car elle s'était blessée au dos en participant à l'effort de guerre. Les colonies satellitaires étaient encore jeunes et les fonctionnaires s'efforçaient d'attirer de nouveaux colons. La région était rude et imprévisible, comme l'ouest sauvage des États-Unis à la fin du 19e siècle. Dans ces colonies, on trouvait de nombreux déserteurs et vagabonds, mais personne ne posait de questions. Tous se comportaient suivant ce principe : «Tant que vous vous débrouillez, tentez le coup.» L'avantage, c'était que les logements étaient plus grands, car les nids étaient loin d'être pleins. Par conséquent, il y avait largement la place de cacher Arakfretin jusqu'à ce qu'ils découvrent si l'offre d'amnistie de Fourmaléfique était sincère.

☙ ☙ ☙

Au fur et à mesure que les hexaines passaient, les troupes poursuivaient leurs manœuvres. Fourmaléfique expédiait dans la région

     Terry Birdgenaw

les termites et les araignées qu'il avait faits prisonniers. Certains vinrent également d'eux-mêmes. Ils vivaient en dehors des colonies, dans des zones que les fourmis appelaient «réserves». Au fil des hexois, ces réserves se remplirent, mais Arakfretin resta caché dans le nid avec Fourmuna parce qu'ils passaient du bon temps ensemble et excellaient dans l'art de dissimuler Arakfretin. Une fois les réserves remplies, Fourmuna essaya discrètement de trouver d'autres fourmis, abeilles et coléoptères prêts à accueillir des termites et des araignées. Très rapidement, elle devint la chef de file secrète de ce réseau clandestin d'insectes. Fourmuna et les autres insectes sympathisants sauvèrent ainsi des milliers de termites et d'araignées, du moins pendant un certain temps. Au contact de ses fourmis compatriotes et des termites et araignées sauvés, Fourmuna apprit tous les détails de la guerre en cours et des précédents affrontements qui avaient entraîné les envois en exil.

✳ ✳ ✳

— Je suis tellement heureuse que tu aies accepté de venir ici avec moi ! confia-t-elle un soir, alors qu'elle dînait tranquillement avec Arakfretin.

J'ai peut-être beaucoup perdu, mais tu es toujours là.

Après en avoir craché la coque, Arakfretin avala une graine.

— Moi aussi. Soit je me cachais ici, soit là-bas. Mais maintenant, j'ai de la compagnie. Et je suis si fier des efforts que tu as déployés pour sauver tous ces termites et ces araignées ! Le réseau clandestin a connu un succès incroyable. Je suis sûr que Dino te regarde de là-haut avec le sourire.

Fourmuna attrapa une autre graine et la décortiqua pour son ami.

— Dernièrement, j'ai beaucoup pensé à lui, et encore à Mirabeille et Annabeille.

Je me rends compte de la fragilité de la vie. Et à quoi bon ?

— Ouais, ils me manquent aussi, déclara Arakfretin.

Fourmuna fourra une graine dans sa bouche.

— Non, je ne parlais pas de ça. Mais plutôt… Est-ce que c'est à ça que se résume l'existence ? On vit pendant un certain temps, puis on meurt. Ça me semble si absurde !

Ce n'est pas suffisant pour moi.

— Eh bien, tu aides la colonie à survivre, dit Arakfretin en attrapant d'autres graines. Et ta reine a fait des bébés, donc la colonie va perdurer.

— Cela semble tellement inadapté ! répondit Fourmuna en écrasant une graine sur la table. J'aimerais que les fourmis fonctionnent davantage comme les araignées pour que n'importe quelle femelle puisse avoir des bébés.

J'aimerais tellement pouvoir être mère !

Après avoir écarté la coque de la table, Arakfretin poussa les miettes de la graine vers son amie.

— Toutes n'ont pas de bébés, seulement les plus fortes.

— Oui, mais ce n'est pas prédéterminé à la naissance, soupira Fourmuna.

Pourquoi je ne peux pas fonder une famille ?

Tout en décortiquant une graine pour lui, Arakfretin dit à son amie :

— Eh bien, accepte-le, Mune. Tu n'es pas une araignée. Tu es telle que tu es.

Avec un regard noir pour Arakfretin, la fourmi lâcha une senteur tenace.

— À quoi je sers si je ne peux pas avoir de bébés et transmettre mes gènes ?

Ma lignée mourra!

Le regard aimant, Arakfretin donnait l'impression de s'être préparé toute sa vie à répondre à la question de son amie.

— Tu es une brillante fourmi et une amie géniale.

— Merci. Mais est-ce que je peux te raconter mon enfance sur Terre? demanda Fourmuna.

— Bien sûr, Mune, je suis coincé ici, lança Arakfretin.

— Tu peux le dire! dit Fourmuna en riant.

— Je suis coincé ici, dit à nouveau Arakfretin avec un sourire.

— Arrête de plaisanter. Je suis sérieuse! protesta Fourmuna.

Ne réalise-t-il pas à quel point c'est important pour moi?

— D'accord. Raconte-moi, l'encouragea Arakfretin.

— Quand j'étais jeune, ma mère, notre reine, m'appelait sa petite princesse, commença Fourmuna en se penchant vers son ami.

Et je pense savoir pourquoi.

— Une mère n'appelle pas toujours sa fille comme ça? demanda Arakfretin.

— Pas chez les fourmis, répondit Fourmuna en se redressant. Soit tu es une princesse, soit tu ne l'es pas. Ce serait blessant d'employer un tel terme pour s'adresser à quelqu'un qui n'est pas une princesse.

Je pense que j'étais sa princesse.

— Mais pourquoi elle t'a appelée comme ça, alors que tu as fini dans l'armée? s'enquit Arakfretin avec une mine renfrognée.

— Je ne l'ai jamais su. Je suppose que j'étais censée être une princesse, mais d'une manière ou d'une autre, je n'ai pas dû être à la hauteur, songea Fourmuna.

Du coup, ils m'ont écartée.

— Vraiment?

Fourmuna se pencha à nouveau vers son ami.

— Oui, je me souviens d'un hexour où ma mère m'a dit : «Comme tu grandis, je ne peux plus t'appeler ma petite princesse. »

À ces mots, une larme solitaire tomba de son œil gauche.

Je ne me suis jamais sentie aussi dévastée.

— Oh, et la suite? la questionna Arakfretin.

— Après, elle m'a gentiment mordu les ailes, continua Fourmuna. Elle a dit que j'étais une vraie battante, même si j'étais plus petite que mes sœurs, et que je deviendrais probablement une soldate au stade adulte.

Fourmuna eut du mal à empêcher sa lèvre supérieure de trembler. Curieusement, elle avait enfoui ce souvenir, mais maintenant qu'elle avait raconté cette scène à voix haute, elle ne pouvait plus se soustraire aux émotions qui s'ensuivaient.

Arakfretin écarta les graines restantes.

— Ça a dû être une hexournée bouleversante.

— Oui, confirma Fourmuna, la tête baissée. Et plus tard cette nuit-là, elle m'a dit que je devais déménager dans une autre partie du nid. Elle m'a conseillé de dire au revoir à mes sœurs, mais tout ça m'a fait pleurer. J'ai d'ailleurs demandé pourquoi je devais y aller. Elle a dit qu'on me porterait un soin tout particulier et qu'on me préparerait à devenir soldate ou ouvrière.

J'étais anéantie.

— Oh là là, ça a dû être dur, dit Arakfretin en frottant le pronotum de Fourmuna.

— Oui. Et j'ai remarqué deux trucs bizarres, poursuivit Fourmuna. D'abord, ils ne me nourrissaient pas autant que les autres.

Tu parles de me porter un soin tout particulier! Je me sentais abandonnée.

— Et c'était quoi le deuxième ?

— J'ai remarqué qu'aucune des autres filles n'avait de poche ventrale, indiqua Fourmuna en baissant les yeux vers son abdomen.

Ils m'ont jetée avec les fourmis stérilisées.

— Une poche ventrale ? répéta Arakfretin après avoir examiné Fourmuna de la tête aux pattes. De quoi tu parles ?

Fourmuna roula sur le dos pour exhiber son abdomen.

— Une poche comme celle-ci. Même si la mienne a un peu rétréci.

Une poche que je ne pourrai jamais utiliser.

— Est-ce que c'est là-dedans que les fourmis stockent leurs œufs non fécondés ? demanda Arakfretin.

— Oui, confirma Fourmuna en riant. Et Fourmatome qui disait que les araignées étaient stupides !

Je suppose que tu sais où je veux en venir.

Sur ce, Arakfretin se leva soudain.

— Tu crois que tu pourrais avoir des bébés maintenant ? C'est dingue.

Fourmuna expliqua alors à son ami ce qu'Algébeille lui avait dit sur les fourmis et les abeilles, qui étaient très similaires. Seules les princesses bien nourries devenaient reines. Les deux mangeaient beaucoup de sucres et de protéines pour aider leurs œufs à se développer. Chez les abeilles, les princesses tiraient ces nutriments de la gelée royale, sécrétée par les glandes position nées sur la tête des ouvrières, mais chez les fourmis, les princesses avaient juste besoin d'absorber beaucoup de saccharose et de protéines. Puis elle révéla que Fourmidable lui avait appris d'où provenait le goût fortement sucré du miellat. C'était parce que les pucerons qui l'excrétaient mordaient dans la partie chargée en saccharose de la plante. Fourmidable lui avait également indiqué que la sève située dans le phloème de la fleur était riche en protéines.

— Comme il n'y aucun puceron dans les parages, je dois faire comme eux pour nourrir mes œufs. Aspirer le saccharose et les protéines du phloème végétal, déclara Fourmuna.

Je me demande si c'est encore possible maintenant.

— Est-ce que ce n'est pas inutile ? demanda Arakfretin en exhibant ses pédipalpes. Même si tu stimules ta production d'œufs, il ne te faudra pas un mâle pour les fertiliser ?

— Oui, et… commença Fourmuna.

Curieux, Arakfretin regarda son amie.

— Et quoi ?

En rougissant, Fourmuna se tourna vers l'embrasure de la porte.

— Je suis tombé sur un mâle hier. Il était au club de mathématiques de la colonie. Il était intelligent et beau, ce n'était pas un crétin comme la plupart des autres, et il m'aimait bien.

Je pense que je vais me mettre à sangloter.

— Et si mes œufs se sont asséchés ?

— D'après ta façon de parler, j'ai bien l'impression que tu as un accès ! s'exclama Arakfretin.

Fourmuna regarda Arakfretin avec insistance.

— Un accès ? C'est-à-dire ?

S'il te plaît, dis-moi que c'est une bonne chose.

— Eh bien, chez les araignées, les mères plus âgées ont parfois un accès hormonal. Elles se mettent donc à produire des œufs assez tard, quand tout le monde les estime *déjà trop vieilles. Au fait, quel est le nom du mâle* ? demanda Arakfretin.

Sa question fit rire Fourmuna.

— Tu ne vas pas me croire. Il s'appelle Fourmaccès.

Ce n'est pas une blague.

— T'as dit Fourmasqué ou Fourmaccès? l'interrogea Arakfretin.

Fourmuna se remit à rire.

— Il s'appelle Fourmaccès.

Vraiment! Quelle coïncidence!

Brusquement, Arakfretin se redressa et tapota le dos de son amie.

— On dirait que c'est un signe de la Providence.

Ce commentaire fit à nouveau rire Fourmuna.

— Oui, où est le phloème le plus proche?

Les hexours suivants, Fourmuna les passa à aspirer tout le saccharose et les protéines des plantes en fleurs qu'elle pouvait trouver. Durant toute cette période, Arakfretin la complimenta sur les généreuses formes qu'elle prenait.

Un après-midi, Fourmuna rejoignit son ami en se dandinant.

— Tu crois que je suis prête, Arakfretin?

— Ma belle, on dirait bien que tu es une PPA, rit l'araignée.

— Ça veut dire quoi? demanda Fourmuna en dévisageant son ami.

Il doit sûrement se moquer de moi.

— Une Princesse Prête à s'Accoupler, précisa Arakfretin en riant à nouveau.

— Ah, elle est bonne! répondit Fourmuna, tandis qu'elle se dirigeait vers la porte. D'accord, je dois aller chercher Fourmaccès, mon mâle.

❊ ❊ ❊

Il ne fallut pas longtemps à Fourmuna pour trouver la fourmi en question. Après avoir remarqué les changements physiques de Fourmuna, le mâle s'était mis à traîner dans les environs et attendait de croiser son chemin. Lorsqu'il la vit ce soir-là, il avança droit vers elle.

— Mune, tu as une super mine ces derniers hexours, lança-t-il. Tu as commencé un régime ?

En clignant plusieurs fois des yeux, Fourmuna relâcha une odeur suave.

— Oui, je suis contente que tu l'aies remarqué.

C'est ma chance !

— Comment ne pas le voir ? répondit Fourmaccès, les yeux grands ouverts. Tu es *magnifique.*

Contrairement aux humains, les fourmis n'étaient pas timides dans de pareilles situations et ne lambinaient pas.

— Mais je n'ai pas d'ailes. Tu as déjà eu une expérience de ce genre, Fourm ? Je n'ai jamais…

En se passant de répondre, Fourmaccès prit Fourmuna, et ils s'envolèrent ensemble vers l'astre solaire couchant. Leur rendez-vous fut un succès, et Fourmuna pondit ses œufs fécondés dans la section réservée aux larves d'une ferme de champignons, à la limite de la colonie. Elle pensa : « Mes enfants, avec la fin de la guerre, une infinité de chances s'offriront à vous. Accrochez-vous à la vie et n'abandonnez jamais. »

Quand elle retourna dans son nid, Fourmuna confia à Arakfretin qu'elle avait pondu ses œufs et qu'elle s'inquiétait de leurs chances dans la vie.

— Je ne peux pas élever une famille ici, alors ils devront se débrouiller seuls.

Mais au moins, ma lignée perdurera.

— Désolé si ça te gêne de me cacher, s'excusa son ami.

Fourmuna haussa son pronotum.

— Ce n'est pas toi, mais la guerre et ma désertion. Je ne

veux pas attirer l'attention. Il faut juste qu'un ou deux d'entre eux survivent pour que cela en vaille la peine.

Je crois que mon plan fonctionnera.

— Je suis sûr que tout ira bien, et bientôt, tu auras beaucoup d'arrière-petites-fourmis, la consola Arakfretin.

Fourmuna pensa à la ferme aux champignons et soupira. Au cours des six hexaines suivantes, elle passa son temps libre à visiter ses œufs, et plus tard, à aller voir les larves qui avaient éclos et semblaient grandir. Elle était rassurée de constater que ses bébés n'avaient pas de prédateurs au sein de la colonie, alors que des araignées habitaient dans la réserve.

⁂

Un hexour, au moment où Fourmuna revenait dans le nid, elle découvrit une mouche qui l'attendait dehors. En voyant qu'il s'agissait d'un messager royal de Primabeille, elle fut envahie d'une vague d'excitation jusqu'à ce qu'elle perçoive la senteur amère de la dépêche. Après être rentrée dans le nid, elle informa Arakfretin de son contenu.

— Feu, j'ai reçu une lettre de Primabeille. Elle m'a annoncé que Fourmaléfique a empoisonné toutes les araignées et tous les termites de la réserve.

Ce scélérat ! Je n'ai jamais autant détesté quelqu'un.

— C'est horrible ! s'exclama Arakfretin, outré, en tapant le sol de ses huit pattes. Il est revenu sur sa promesse !

— Elle m'a aussi précisé que Fourmaléfique a découvert le réseau clandestin, dit Fourmuna en regardant par-dessus son pronotum. Il a ordonné aux armées de fourmis d'inspecter les nids à la recherche de fugitifs. Ils vont exécuter tout le monde.

Rien ne l'arrêtera. Je ne suis pas surprise.

— Tous les fugitifs ? répéta Arakfretin d'une voix chargée d'émotions.

— Oui. Et ceux qui les cachent, après les avoir humiliés devant tout le monde, confirma Fourmuna. Heureusement, ils ne connaissent pas les instigateurs.

On va peut-être pouvoir s'en sortir.

Tel un animal en cage, Arakfretin faisait les cent pas tout en dégageant une odeur étouffante.

— Je savais qu'on en arriverait là, mais j'espérais avoir plus de temps.

À ces mots, Fourmuna se plaça devant Arakfretin pour l'arrêter.

— Feu, on doit redoubler d'efforts pour préserver notre secret. D'abord, je vais devoir avertir tous les autres, et personne ne doit savoir que tu es là !

Nos vies en dépendent.

— D'accord, je te donne la permission de me donner un coup de pied si je ronfle, plaisanta Arakfretin.

Fourmuna lui lança un regard dont elle était la spécialiste.

— Je suis sérieuse, Feu.

Je sais que c'est juste pour que je me sente mieux qu'il plaisante.

Après s'être arrêté, Arakfretin se dirigea vers la sortie.

— Je sais, Mune, mais qu'est-ce qu'on peut faire de plus ? Ça fait des hexois que je vis comme un bernard-l'hermite caché dans sa coquille. Tu peux vivre en paix si je pars.

— Non ! s'exclama Fourmuna en lui bloquant le passage. Si j'apprenais qu'ils t'ont capturé et tué parce que j'ai été incapable de te protéger, ça me crèverait le cœur.

On se serre les coudes !

— On doit être très prudents. Ne t'approche jamais de la porte et marche très doucement.

— Comme une araignée? lança Arakfretin, qui singea sa démarche.

— Oui, avec la furtivité d'une araignée, dit Fourmuna, tout sourire.

Elle regarda fixement Arakfretin, comme si elle voulait mémoriser son visage – ou plutôt ce moment – avant de retourner à la ferme aux champignons.

❋ ❋ ❋

Très vigilant, Arakfretin passa des hexaines sans que les autres se doutent de sa présence. À plusieurs reprises, Fourmuna visita ses larves, qui s'étaient métamorphosées en nymphes, puis en ouvrières nanitiques. À chacune de ses visites, elle leur racontait sa vie et celle de ses amis. Elle leur décrivit les difficultés, mais aussi les joies vécues sur la nouvelle planète, et insista pour qu'elles transmettent ces histoires à leur progéniture.

Fourmuna leur raconta comment Mirabeille, Annabeille et Arakfretin lui avaient sauvé la vie, et comment ils avaient ensuite sauvé celle de Dinomite. Elle leur décrivit la façon dont Primabeille avait désiré que tous les insectes coopèrent. Comme leur vie était plus longue que celle de leurs ancêtres sur Terre, Fourmuna rappela à ses enfants qu'ils pouvaient acquérir ainsi beaucoup plus de savoir et faire les choses différemment. Elle leur fit part de son expérience en tant que militante communautaire, soldate, figure de proue de la résistance et érudite. Elle leur parla aussi des enseignants exceptionnels qu'elle avait eus, et leur dit qu'elle avait réussi à enfanter, sans avoir besoin d'être reine.

— Vous représentez l'avenir, mais vous êtes aussi une fenêtre sur le passé, déclara-t-elle avec un parfum pénétrant.

Efforcez-vous d'aider les autres, de fonder chacune votre famille et faites en sorte que ces récits soient à jamais perpétués.

❦ ❦ ❦

Un hexour où elle revenait d'une autre visite, elle entendit un grand tumulte causé par une horde de fourmis qui approchait de deux côtés d'un large chemin, près de la place centrale de leur colonie périphérique.

— Les voilà ! rugit la foule. Traîtres, tuez-les tous les deux !

Les insectes qui criaient observaient un cortège qui progressait sur le sentier. Après s'être faufilée dans le labyrinthe de pattes de fourmis, elle réussit à voir ce qu'ils regardaient.

Plus tard, toute tremblotante, Fourmuna décrivit la scène à l'aide d'une fragrance cinglante.

— Feu, c'était horrible. Tout le monde criait et jetait des pierres à la pauvre araignée et à la pauvre fourmi. Le shérif et ses adjoints ont fouetté l'araignée au point de répandre son hémolymphe sur le chemin tandis qu'ils la faisaient défiler devant la foule. Ils l'ont obligée à cracher sur la fourmi et à la traîner derrière elle. Les pierres qui lui ont été jetées dessus et celles sur lesquelles elle a été traînée ont déchiré son exosquelette.

Rien que d'en parler, ça m'écœure.

En masquant son expression horrifiée, Arakfretin se rapprocha de Fourmuna.

— Mune, je suis vraiment désolé que tu aies dû assister à un truc pareil. Essaye de te sortir ces images de la tête.

En tremblant comme une feuille au milieu d'une tempête, elle ignora le commentaire de son ami.

— Quand ils sont arrivés sur la place centrale, ils ont utilisé le fil de l'araignée pour les attacher au vieux séquoia que devaient abattre les coléoptères. Le shérif les a recouverts d'une poudre d'argent et a ordonné à la foule de leur pulvériser de l'acide formique dessus puis de reculer rapidement.

L'espace d'un court instant, elle se tut pour écouter à la porte.

— L'araignée et la fourmi ont répandu un parfum strident lorsque l'acide formique est entré en contact avec leur peau en lambeaux. Et puis, une hexonde après, il y a eu une explosion assourdissante, et elles sont toutes les deux parties en fumée.

Je n'avais jamais vu un truc aussi horrible.

— Je n'en reviens pas. La foule les a brûlées vives ! lâcha Arakfretin d'une voix choquée.

— Oui, en un instant, il ne restait plus rien d'elles. Même le vieux séquoia a été réduit en cendres en quelques hexondes. C'était horrible ! Je continue à entendre leur cri perçant avant la déflagration. On aurait dit qu'elles étaient une branche frappée par un éclair flamboyant.

Après ce dernier détail, Fourmuna s'effondra sur le sol.

Arakfretin la prit et la serra contre lui, mais il ne savait pas quoi dire pour apaiser ses craintes.

— Feu, je… commença Fourmuna en frissonnant. Je… je ne peux pas mourir comme ça. S'ils viennent ici, promets-moi que tu m'ôteras la vie avant eux.

S'il ne le fait pas, je le ferai.

— Non, Mune, je ne peux pas faire un truc pareil, dit Arakfretin tandis qu'il s'écartait.

Après s'être traînée jusqu'à son ami, Fourmuna parla tout près de son visage.

— Tu dois me le promettre, sinon je m'ôte la vie sur-le-champ.

Elle sentit qu'Arakfretin voulait la raisonner, mais réalisa qu'il ne serait jamais capable de lever la main sur elle.

— D'accord, mais n'insistons pas sur le sujet maintenant, balbutia-t-il.

— Oui, tu as raison. Chérissons le temps qu'il nous reste, murmura Fourmuna. *Pourquoi ne peut-on pas tous vivre ensemble en paix ?*

⁂

Peu de temps après, Fourmuna retourna rendre visite à ses enfants, mais découvrit que la majorité d'entre eux avaient quitté le marais et s'étaient lancés vers l'inconnu. Elle parla à la seule qui restait.

— Je crains que mon temps sur cette planète soit compté. Un jour, j'ai dit qu'on mourrait tous si les différentes espèces d'insectes n'oubliaient pas leurs vieilles rancunes. Notre incapacité à vivre en harmonie a causé la mort de trois de mes amis les plus proches. Et Arakfretin et moi, on pourrait bientôt les rejoindre.

Je crains que ce moment arrive rapidement.

— Mais vous nous avez raconté toutes les actions formidables que vos amis et vous avez faites pour unir les insectes, dit sa descendante. Rien de tout ça n'a aidé ?

— Parfois, seules de grandes tragédies peuvent nous faire apprendre d'importantes leçons. Et ceux qui nous les ont enseignées viennent ensuite hanter nos rêves phéromoniques. Ma vision m'a indiqué que cette guerre n'est qu'un prélude aux futures grandes catastrophes qui feront trembler notre planète, à moins qu'on apprenne à coopérer.

N'oublie jamais ce que je t'ai dit et transmets ce message à tes descendants.

— On doit donc continuer à convaincre toutes les espèces de travailler ensemble ? s'enquit son héritière.

— Oui. Et j'ai rêvé d'un moment où nos espèces se rassembleront, après un grand bouleversement. Mais ma vision m'a montré que notre monde ne prospérera pas tant que les savants n'écouteront pas les ingénus, et que les plus forts d'entre nous ne se reposeront pas sur les plus faibles.

Bien que Fourmuna ait dit à Arakfretin qu'elle ne voulait plus jamais évoquer l'incident de l'humiliation publique et du bûcher, les images persistaient dans sa tête. Elle ne cessait de revivre la crémation dans ses rêves et tentait de comprendre comment un tel brasier pouvait s'allumer si rapidement.

Après des hexours de rumination, au cours du dîner, elle révéla finalement ses réflexions à Arakfretin.

— Je n'arrête pas de penser au bûcher. Qu'est-ce qui pourrait brûler si facilement ?

Je sais que ce n'est pas possible sans artifice.

— Mune, oublie cet épisode, lui répondit Arakfretin, en la regardant par-dessus son bol de baies. C'est probablement une nouvelle invention horrible de Fourmatome, l'abominable chimiste.

Fourmuna attrapa une baie qu'elle transperça sauvagement avec ses mandibules.

— Oh, pour l'amour de ma reine disparue ! Tu as raison ! Après mon départ du laboratoire, j'ai entendu dire que Fourmatome expérimentait des produits chimiques comme le sodium et le potassium pour fabriquer un lance-flammes grâce au jet d'acide formique des fourmis. Il a abandonné parce qu'il y avait un retour de flammes trop important qui blessait les fourmis. Je sais que l'acide formique explose lorsqu'il est mélangé avec du sodium ou du potassium.

Sur ce, elle enveloppa Arakfretin d'un vif parfum.

— Ça produit de l'hydrogène sous forme gazeuse, qui est très volatil et explosif. Ce Fourmatome de malheur ! Il a réussi à trouver une application monstrueuse pour son idée.

Je n'arrive pas à y croire.

À ces mots, Arakfretin secoua la tête.

— Super, Mune. Tu as deviné. Essayons maintenant d'oublier ce moment et de vivre comme des fugitifs normaux.

— Haha, comme des fugitifs normaux. Très drôle ! Je vais essayer, déclara Fourmuna.

🐜 🐜 🐜

Quelques hexois plus tard, ils entendirent des cris à l'entrée de leur nid, à la suite de quoi les deux amis perçurent le bruit de nombreux individus à six pattes qui avançaient vers l'antre de Fourmuna. Sur ce, Arakfretin attrapa une Fourmuna tremblante et la serra contre lui. Même si elle ne dura que quelques hexondes, leur étreinte sembla durer des hexeures. Contre lui, Fourmuna se détendit.

— Est-ce qu'on devrait essayer de s'échapper, Mune ? murmura Arakfretin.

— Non, ils nous attraperont et nous brûleront, dit-elle, prise de frissons, en baissant la tête.

On doit le faire maintenant.

En réponse, Arakfretin la serra fort.

— Je suppose que c'est la fin, Mune. Je vais faire ça vite.

Les yeux fermés, Fourmuna répandit un effluve aérien.

— Vas-y, Feu, je suis prête. C'était une belle vie.

Et je suis heureux que nous partions ensemble.

Telle une araignée mère qui étreint ses petits avant qu'ils quittent le nid, Arakfretin serra un peu plus fort Fourmuna.

— En effet. Et je ne connais pas meilleure âme que la tienne. Je suis content de t'avoir ressuscitée et de m'être lié d'amitié avec toi.

Sur ce, Fourmuna se plongea dans une transe au cours de laquelle elle lâcha un effluve fané qu'Arakfretin perçut à peine.

— Aïe, est-ce que tu viens de me mordre, Feu ?

Arakfretin traversa la tanière pour boire la fiole que Fourmuna avait remplie d'acide formique et de jus de pavot.

— Au revoir, Mune. La première fois que je t'ai mordue, je t'ai donné la vie, et maintenant, je te la reprends. Mais, ma belle, on a bien ri.

Dans les hexondes qui lui restaient avant que le poison fasse effet, Arakfretin sortit son fil et les enveloppa, Fourmuna et lui-même, dans un cocon compact. Ils avaient prévu de quitter ce monde, liés dans la mort, comme ils l'avaient été dans la vie par leur longue amitié.

~ ~ ~

Les escouades de Fourmaléfique spécialisées dans la chasse aux fugitifs trouvèrent le cocon, et après l'avoir ouvert, voulurent brûler leurs corps. Cependant, une fourmi reconnut Fourmuna et les supplia plutôt de les enterrer. Grâce aux histoires entourant sa résurrection, ses fermes aux champignons, la façon dont elle avait bousculé les rôles assignés aux sexes, sa résistance pendant la guerre et sa maternité miraculeuse, Fourmuna était devenue une héroïne populaire. Les soldats suivaient généralement à l'atome près les ordres de Fourmaléfique, mais ils firent une exception pour elle. La soldate qui la connaissait apprit qu'elle avait des descendants et rendit son corps et celui d'Arakfretin aux jeunes ouvrières. Elle aida les enfants de Fourmuna à les enterrer sous un érable, près de la ferme aux champignons du marais où avaient éclos les œufs qu'elle avait pondus.

Fourmaléfique et ses armées étaient satisfaits. Les fourmis, les abeilles, les mouches, les cafards, les coléoptères et les vers s'étaient enfin débarrassés de leurs ennemis. Si Fourmuna ne s'était pas assurée de laisser des descendants, les générations futures n'auraient rien su de l'arrivée des insectes sur la planète, de la façon dont ils avaient survécu et prospéré, et de l'extermination des termites et des araignées. Dans les hexiècles qui suivirent la fin de la guerre, un nombre croissant d'insectes des colonies apprirent les divers mensonges de Fourmaléfique et regrettèrent le traitement horrible qu'ils avaient infligé aux termites et aux araignées.

Au bout d'un moment, la tombe de Fourmuna devint un sanctuaire. Parmi les insectes des colonies, l'idée selon laquelle ils devaient vivre en paix ensemble comme y avaient encouragé Fourmuna et ses amis, se raviva. L'histoire de la fourmi devint un conte populaire que tous ses descendants directs transmirent aux autres insectes. Ses enfants, appelés Fourmuniens ou gardiens de l'histoire de Fourmuna, furent respectés par la société. Les insectes des colonies vécurent en paix pendant des millions d'hexannées, jusqu'à ce qu'un nouveau dirigeant immoral ravive la haine dans sa quête de pouvoir.

PODCAST DE CONCLUSION
[INTERVIEW]

Vive :

Comme promis, je suis rejoint par Fourmiconteur, notre auteur interstellaire qui nous parle en direct de Bilaluna, la lune de Caca-ponique, la planète sœur de notre Terre. Maintenant que nous avons terminé le volume 1 de l'histoire de cette planète, nous allons en discuter avec Fourmiconteur. Heureuse de vous revoir, professeur.

Fourmiconteur :

Je vous en prie, appelez-moi Fourmiconteur. Je ne possède même pas de blouse de laboratoire.

Vive :

La pauvre Fourmuna et ses amis ont traversé de nombreuses péripéties. Ils ont amassé énormément de connaissances, et puis les choses se sont gâtées pour eux.

Fourmiconteur :

Sur Caca-ponique, mes ancêtres avaient une espérance de vie bien plus longue que sur Terre. Du coup, ils sont devenus beaucoup plus brillants. [00:31] Mais intelligence ne veut pas dire sagesse. Il est difficile de surmonter son instinct.

Vive :

C'est vrai. Nous, les humains, pouvons nous identifier à votre récit. Au cours de notre propre histoire, nous avons fait de nombreuses choses dont nous ne sommes pas fiers à d'autres peuples et d'autres espèces.

Fourmiconteur :

En effet, comme vous avez pu l'entendre, nous avons également connu des moments sombres.

Vive :

Fourmiconteur, pourriez-vous répondre à quelques questions de nos auditeurs ?

Fourmiconteur :

Oui, bien entendu.

Vive :

Joe demande :

« Quelles ont été les retombées psychologiques d'une expérience aussi traumatisante que le Grand Déménagement ? Comment les insectes ont-ils réussi à tenir le coup mentalement ? »

Fourmiconteur :

Eh bien, Joe, les insectes sont des créatures qui s'adaptent très facilement. En plus, sur Terre, l'ère du Crétacé était une ère dangereuse. Déménager sur une planète où il y avait peu de prédateurs était donc moins anxiogène pour nombre d'entre eux.

Vive :

Le changement a parfois du bon. Il a permis aux insectes d'évoluer.

Fourmiconteur :

Mais comme vous le montre votre propre histoire, les sociétés se créent parfois d'elles-mêmes des problèmes. Sur Caca-ponique, les choses semblaient bien rouler, et tout à coup, plus rien n'allait.

Vive :

Voici une question d'un autre auditeur. C'est Fernando de Lima, au Pérou. [01:28] Il demande : « Je suis étonné d'entendre que les différents insectes peuvent si bien communiquer entre eux. Est-ce que c'était dû à leur intelligence accrue ? »

Fourmiconteur :

Je sais que les humains étudient les phéromones et les méthodes de communication des insectes depuis des décennies, mais vos scientifiques n'en sont qu'à la partie émergée de l'iceberg. Nos phéromones ne servent pas qu'à envoyer des messages d'alerte et à attirer des partenaires. Notre vocabulaire est composé de noms, de verbes, d'expressions et d'émotions. Ils permettent la communication des fourmis avec les autres insectes. Notre langage est aussi complexe que n'importe quelle conversation entre humains. [02:02] Sur Terre, avant même notre arrivée sur Caca-ponique, ces échanges existaient déjà à un niveau basique.

Vive :

Fourmiconteur, ça explique beaucoup de choses. En tant qu'humains, nous n'accordons que peu de considération aux autres espèces, et encore moins aux insectes. Étonnamment, la famille de Fourmuna a conservé l'histoire des premiers colons pendant des millions d'hexannées. Comment est-ce possible ?

Fourmiconteur :

En tant qu'historien et FOURMI, je peux vous dire que mon espèce est méticuleuse et possède une mémoire remarquable. Mais cet effort était un effort commun pour transmettre des informations détaillées au fil des générations. [02:35]

Vive :

Incroyable !

Fourmiconteur :

J'ai pu trouver des récits de divers descendants qui avaient vécu à différentes périodes grâce aux traces écrites et aux journaux que les insectes ont commencé à garder. Les parties concernant l'histoire de Fourmuna étaient presque identiques, donc je suis convaincu que les informations sont exactes.

Vive :

Même s'il s'agit d'une histoire qui remonte à un passé lointain, le récit de la vie de Fourmuna était très poignant et percutant.

Fourmiconteur :

En effet. Pour nous, c'est presque comme votre Bible.

Vive :

J'imagine. Elle a été ramenée à la vie après que son cœur s'est arrêté. [02:59] Elle est devenue mère d'une manière plutôt atypique, et a encouragé les insectes à faire attention aux autres. Elle ressemble à certains de nos prophètes et saints.

Fourmiconteur :

Évidemment, elle n'était pas parfaite. Mais avec le temps, les insectes ont fini par l'aduler, et la plupart des insectes respectent fortement ceux qui font perdurer son histoire. Les Fourmuniens se souviennent non seulement de son histoire, mais essayent aussi de vivre selon les idéaux de Fourmuna.

Vive :

J'ai encore une question d'un nouvel auditeur. Elle vient de Heidi, quatorze ans, qui habite à Innsbruck, en Autriche. Voilà ce qu'elle dit : [03:32] « J'ai été énormément bouleversée par la mort des jeunes amis dans votre récit, mais grâce à mon cours d'histoire, j'ai appris que beaucoup d'innocents meurent en temps de guerre. J'imagine que c'est la même chose pour les insectes. Par contre, je n'avais pas pensé que les insectes pouvaient aussi avoir des dirigeants malintentionnés qui débutent des guerres pour se venger et acquérir du pouvoir. »

Fourmiconteur :

C'est exact, Heidi. Les insectes sont guidés par de redoutables instincts qui les conduisent à la vengeance et au besoin de dominer les autres, tout comme certains dirigeants humains. Vos ancêtres sont sûrement les mieux placés pour le savoir, après s'être retrouvés au milieu de deux guerres mondiales. [04:00] À l'instar des humains, les insectes ordinaires sont crédules et suivent leurs dirigeants, souvent sans poser de questions.

Vive :

Mais c'était tellement tragique de lire que Fourmuna et ses amis sont morts.

Fourmiconteur :

Comme vous dites : « La guerre, c'est l'enfer. » Il existe de nombreux exemples où les humains ont été tués dans des guerres ou par les actions de tyrans.

Vive :

J'ai honte de dire que nous avons trop d'exemples pour les citer.

Fourmiconteur :

Mais nous devons tous nous en souvenir, apprendre de nos erreurs passées pour nous assurer de ne pas les répéter. [04:32]

Vive :

Effectivement.

Fourmiconteur :

Comme l'a un jour dit Dwight Eisenhower, le président des
États-Unis d'Amérique : « Je hais la guerre comme seul peut le
faire un soldat qui l'a vécue, comme celui qui a vu sa brutalité,
sa futilité, sa bêtise. » Ses paroles me rappellent les mots émou-
vants de Primabeille quand elle a appris la mort de Fourmuna :
« Aucun acte ne peut apaiser la peine et le désespoir provoqués
par les flèches de l'agression. Et le plus grand coût de la guerre
est payé par notre jeunesse, dont l'innocence s'envole au fil des
fausses promesses. » [05:00]

Fin

ANNEXES

Annexe 1

Mesures temporelles des insectes basées sur un système sénaire et conversion par rapport aux mesures temporelles des humains

Les insectes utilisent un système numérique sénaire (c'est-à-dire en base 6) pour compter, tout comme pour mesurer les unités de temps. Une hexannée est sensiblement équivalente à une année terrestre et indique un tour qu'a fait Caca-ponique en orbite autour de son étoile solaire. D'autres unités de temps se basent sur ce système sénaire et prennent les terminaisons de décennie, de siècle et de millénaire. Sauf qu'il faut multiplier par 6 au lieu de 10 pour obtenir les mesures supérieures. Ainsi, six fois une hexannée correspond à une hexennie, 6 x 6 ou 36 fois une hexannée est un hexiècle, et 6 x 6 x 6 ou 216 fois une hexannée donne un hexénaire. Des termes similaires sont utilisés pour les mois, les semaines et les jours ; sauf qu'un hexois est un sixième d'année (environ deux mois), une hexaine est un sixième d'hexois (ou environ dix jours) et un hexour est un sixième d'hexaine (ou dix sixièmes de jour, soit 40 heures). Les termes hex-hexour (un sixième d'hexour), hexeure, hex-hexeure (un sixième d'hexeure), hexute, hexonde et hex-hexonde (un sixième d'hexonde) sont respectivement à peu près équivalents à 6,67 heures, 1,1 heures, 11 minutes, 1,8 minutes, 18 secondes et 3 secondes, selon les unités de temps utilisées par les humains.

ANNEXE 2

Dictionnaire phéromonique - français des émotions et expressions non verbales des insectes

bouffée humide : rejet

bouffée insidieuse : ténu

bouffée légère : incertitude

bouffée perfide : fourbe, rusé

bouffée sèche : marmonnement

bouffée stridente : plainte

bouffée vacillante : incertitude

bouffée vaporeuse : voix brièvement aiguë

effluve vaporeux : chuchotement

effluve aérien : chuchotement

effluve alléchant : charmant

effluve allégé : discours ciblé

effluve battant : doute

effluve chaleureux : tendresse, espoir

effluve corsé : résistance

effluve d'ambiance : encouragement, optimisme

effluve détonant : bruit assourdissant

effluve effervescent : incertitude

effluve enflammé : colère

effluve nébuleuse : confusion

effluve fade : impassible, monotone

effluve festif : hilarité

effluve flasque : déformation de la vérité

effluve fluctuant : mots articulés

effluve fluide : bavard, loquace

effluve frémissant : nervosité

effluve friable : détresse

effluve frigorifiant : peur

effluve fumant : mécontent

effluve galvanisant : foule excitée

effluve glacial : insensibilité, indifférence

effluve gras : évidence du message

effluve humide : passion, sexy

effluve infime : chuchotement, discussion secrète

effluve intense : fier

effluve iodé : énigmatique, fourbe

effluve musclé : force physique

effluve nauséabond : corrompu, scandaleux

effluve nauséabond : étrange

effluve nébuleux : perplexité

effluve pétillant : optimisme

effluve plaintif : sanglots discrets

effluve poisseuse : fourbe

effluve rafraîchissant : ingénu, sincère

effluve robuste : assurance

effluve sonore : bégaiement

effluve subtil : voix basse

effluve suffocant : pluie de vociférations

effluve tamisé : doute

effluve ténu : fragile, vulnérable

effluve terreux : terre à terre

effluve vacillant : idée

effluve voyant : optimisme, explosion de joie

effluve délicat : mots apaisants

fragrance acide : haine

fragrance aérienne : reconnaissant

fragrance ample : confidence

fragrance appuyée : fierté

fragrance babillante : commérages

fragrance chargée : satisfait, fier

fragrance cinglante : forte contrariété

fragrance colorée : joie

fragrance copieuse : cupide

fragrance corsée : force, charisme

fragrance décomposée : choqué

fragrance éclatante : enthousiaste

fragrance énergique : pétulance, irritabilité

fragrance bouffie : égoïsme

fragrance flamboyante : haine

fragrance florissante : optimisme

fragrance fulgurante : accablé

fragrance glaciale : message grave

fragrance incisive : raillerie

fragrance jouissive : optimisme

fragrance lourde : courageux, tenace

fragrance mousseuse : excitation, bonheur

fragrance musclée : excessif

fragrance pétulante : vivacité

fragrance piquante : mauvaise humeur, grognon

fragrance puissante : hurlement

fragrance rayonnante : admiration

fragrance saturée : intense fierté

fragrance téméraire : provocation

fragrance tempétueuse : contentieux

fragrance tonitruante : foule en colère

fragrance torréfiée : certitude

fragrance visqueuse : énorme mensonge, mensonge éhonté

fragrance vivace : excitation, joie

odeur accablante : oppression

odeur agréable : sociabilité

odeur aigre : maussade, aigri

odeur apaisante : réconfort

odeur âpre : répartie, rebuffade

odeur bleu saphir : triste

odeur boueuse : indécis

odeur brillante : joie, satisfaction

odeur brûlante : colère

odeur chatoyante : gaieté

odeur confortable : amitié

odeur consistante : règle

odeur continue : message simple

odeur coriace : mots durs

odeur crasseuse : pensées éparses

odeur criarde : message évident

odeur de renfermé : arrogant

odeur solaire : enjoué

odeur défraîchie : contrarié

odeur délicate : docile

odeur diffuse : propos sévères

odeur dissimulée : chuchotement

odeur sirupeuse : sentimental

odeur éclatante : bonheur, joie

odeur épicée : sagesse

odeur épineuse : intimidation

odeur épouvantable : surprise

odeur étouffante : contrarié, piégé

odeur exaltante : dynamique

odeur frêle, compacte : timide

odeur fulgurante : haine

odeur bouillonnante : passion

odeur grésillante : sexy

odeur guillerette : gaieté

odeur humide : désintérêt

odeur impétueuse : puissant, brusque

odeur inaltérable : conviction

odeur indéfectible : brave

odeur infime : chuchotement

odeur instable : incertain

odeur intense : euphorique

odeur légère : discours bienveillant

odeur maigre : modestie, culpabilité

odeur menaçante : attitude menaçante

odeur métallique : conseil sérieux

odeur mielleuse : suppliant

odeur musclée : dubitatif

odeur détestable : révoltant

odeur oppressante : tracas, angoisse

odeur pénible : contraignant

odeur persistante : confidence

odeur pétillante : excitation

odeur piquante : complot

odeur poignante : discours pressant

odeur poisseuse : inquiétude

odeur puissante : mépris

odeur ramollie : indécision

odeur robuste : honnête

odeur saturée : fierté

odeur sournoise : mensonge évident

odeur soyeuse : obséquieux

odeur stridente : cri

odeur suave : sexy

odeur sucrée : agréable

odeur ténébreuse : supercherie

odeur ténue : mal à l'aise, humilié

odeur urticante : affront

odeur veloutée : apaisement

odeur viciée : insipide, ennuyeux

odeur virulente : colère

parfum blafard : lent discours

parfum capitonné : discours prudent

parfum chargé d'ions : excitation

parfum démangeant : impatient, angoisse

parfum dilaté : égoïsme

parfum épineux : irritation

parfum fort : prétentieux

parfum gras : arrogance, orgueil

parfum indigo : dépression

parfum intense : tension

parfum irritant : colère

parfum larmoyant : supplication

parfum léger : fierté

parfum pénétrant : message logique

parfum diffus : marmonnement

parfum piquant : discours énergique

parfum pulsatile : peur

parfum raffiné : éloquence

parfum réfrigérant : panique

parfum rond : insistant

parfum saisissant : découragé

parfum strident : cris

parfum tendu : exigence

parfum vif : inspiration

puanteur acide : sarcasme

puanteur âcre : complot perfide

puanteur agressive : agressif

puanteur aigre : hostilité

relent aigre : morosité

puanteur bleu saphir : dépression

puanteur brûlante : réponse énervée

puanteur chatoyante : enthousiaste

puanteur consistante : autorité teintée d'injustice

puanteur défraîchie : désespéré

puanteur délicate : obéissance

puanteur douceureuse : astucieux

puanteur épicée : plan machiavélique

puanteur épineuse : cruel

puanteur étouffante : oppression appuyée

puanteur frêle, compacte : vigilant

puanteur frémissante : rage

puanteur voilée : duplicité croissante

puanteur furtive : intrigue

puanteur grésillante : colère, haine

puanteur grinçante : incommodant

puanteur farouche : supériorité morale

puanteur irritante : contrarié

puanteur lancinante : insulte acerbe

puanteur métallique : obstination

puanteur mielleuse : plan machiavélique

puanteur oppressante : embarrassant

puanteur perçante : alarmé

puanteur piquante : complot machiavélique

puanteur poignante : urgence

puanteur poisseuse : tromperie

puanteur sournoise : plan machiavélique

puanteur sucrée : trop indulgent

puanteur vigoureuse : révolté

puanteur urticante : insulte

relent accablant : tyranniqe

relent âpre : discours provocateur

relent bleu saphir : pensée suicidaire

relent brûlant : malveillance, colère ardente

relent brut : naïveté

relent consistant : autorité teintée de méchanceté

relent solaire : en extase

relent décousu : potins

relent défraîchi : paniqué

relent délicat : assentiment

relent dévorant : colère

relent douceureux : vicieux

relent éclatant : ravi, fier

relent épicé : plan diabolique

relent épineux : méchant

relent fiévreux : panique

relent florissant : sonore, tapageur

relent frêle, compact : circonspect

relent frémissant : colère

relent froissé : inquiétude, terreur

relent fulgurant : colère noire

relent souterrain : duplicité permanente

relent graveleux : message pénible

relent guilleret : euphorique

relent irrégulier : grincheux, négligé

relent métallique : cri

relent bilieux : énervé

relent piquant : complot machiavélique

relent poignant : malhonnêteté évidente

relent poisseux : surpercherie

relent prononcé : sagesse

relent rance : gêné, vulnérable

relent robuste : captivant

relent saturé : mégalomane

relent sournois : plan trompeur

relent sucré : avide

relent urticant : sarcasme

relent vacillant : angoisse, nervosité

relent vigoureux : teinté d'autorité

relent suffocant / puanteur suffocante : despotique

senteur abrasive : contrariété

senteur acidulée : sarcasme

senteur aérienne : insouciance

senteur agréable : enchanté, heureux

senteur agressive : maladroit, buté

senteur amère : rancune, vilénie

senteur avenante : paix intérieure

senteur bleu saphir : morose

senteur céleste : triste

senteur chatoyante : enchanté

senteur criarde : empressement

senteur étouffante : prétention

senteur solaire : enchanté

senteur déconcertante : humiliation

senteur défraîchie : affligé

senteur délicate : gentil

     Terry Birdgenaw

senteur délicieuse : réjouissance

senteur douceureuse : piégeux

senteur éclatante : fierté pour autrui

senteur embaumante : positivité

senteur enivrante : attirant, sexy

senteur épicée : idée élaborée

senteur épineuse : injurieux

senteur éthérée : sans voix

senteur fébrile : préoccupé

senteur frêle, compacte : précautionneux

senteur fulgurante : colère, haine

senteur furtive : sournoiserie

senteur incisive : panique

senteur maussade : soucieux

senteur mielleuse : implorant

senteur pénétrante : vacarme soudain

senteur perçante : discours alarmiste

senteur persistante : autoritaire

senteur pétillante : fierté, gaieté

senteur piquante : complot sournois

senteur poisseuse : angoisse, préoccupation

senteur répugnante : cruel

senteur robuste : franc

senteur stridente : arrogance

senteur suave : discours romantique

senteur tenace : regret

senteur viciée : fastidieux

senteur vinaigrée : cinglant

vapeur flottante : incertitude, peur

vapeur infâme : méchant

vapeur irritante : confusion, contrariété

vapeur nébuleuse : incertitude, doute

vapeur pulsatile : incertitude

vapeur toxique : ridicule, vitriol

vapeur vibrante : tremblement

vapeur vigoureuse : dynamique

vapeur vinaigrée : sarcasme

vapeur visqueuse : gêne persistante

vapeur vivace : animé, excité

vapeur volatile : agressivité

Annexe 3

Citations de personnes célèbres et allusions à des films, des livres ou des traditions autochtones

p.17 : « Holà ! Annabeille, j'ai l'impression qu'on n'est plus à Laramidia ! » est inspiré du film « Le Magicien d'Oz ». Le passage où Dorothy dit : « Toto, j'ai l'impression que nous ne sommes plus au Kansas. »

p. 19 : le passage « secouées, mais pas vraiment remuées » est tiré de « shaken and not stirred », dans *Dr No* de Ian Fleming.

p. 54 : « En fait, on pourrait dire qu'ils suèrent et s'acharnèrent, et après *double, double, peine et trouble*, leur terreau fut maintes fois retourné. » Allusion à *Macbeth* de William Shakespeare : « Double, double, peine et trouble ! »

p.109 : « J'ai bien peur qu'on n'ait pas réalisé à quel point notre planète est en danger. Si on ne laisse pas tomber les vieilles rancunes, on va tous mourir. » C'est inspiré du discours du chef amérindien Seattle : «Our planet is in great trouble and if we keep carrying old grudges and do not work together, we will all die.»

p. 152 : «La plus belle chose de la vie est son côté mystérieux, le comprendre peut vous rendre fiévreux.» Inspiré d'une citation d'Albert Einstein : «La plus belle chose que nous puissions éprouver, c'est le côté mystérieux de la vie.»

p. 152 : «Observe la nature, dans l'ombre et la lumière, et tu verras tout d'un regard plus clair.» Inspiré d'une citation d'Albert Einstein : «Regardez profondément dans la nature et alors vous comprendrez tout beaucoup mieux.»

p. 155 : «Fourmidable est peut-être un *insecte* botaniste, mais avec la guerre à nos portes, je suis une *fourmi* scientifique.» D'après Fritz Haber : «Un savant appartient au monde en temps de paix et à son pays en temps de guerre.»

p. 156 : «La mort des termites est la grâce des fourmis, si nous l'infligeons avec art et génie.» D'après une citation de Fritz Haber : «La mort reste la mort, peu importe comment elle est infligée.»

p. 162 : «Rien ne compte d'autre, ni la justice ni la vérité, qu'une victoire qui mette les termites en miettes.» D'après une citation d'Adolf Hitler : «Ce n'est pas la vérité qui compte, mais la victoire.»

p. 163 : «Nos combats ni ne ralentiront ni ne cesseront tant que les araignées et les termites en charpie ne seront.» D'après une citation d'Adolph Hitler : «Nous ne parlerons de paix que lorsque nous aurons gagné la guerre.»

p. 167 : « Ils nous ont fait avaler un énorme mensonge pour nous faire imaginer un danger qui n'existe pas. Pour nous faire douter de nos amis et rejeter l'étranger comme un paria. » En référence à l'histoire du grand pacificateur que détaille Sherri Mitchell dans son ouvrage non traduit *Sacred Instructions: Indigenous wisdom for living spirit-based change*, où Hiawatha dit: « On nous a tous fait avaler un grand mensonge, celui que la guerre incarne. Il nous fait voir le danger là où il n'existe pas, nous pousse à nous méfier de nos amis et à considérer l'inconnu comme notre ennemi. »

p. 175 : « Quelle chance pour nous, insectes futés, que ces termites ne sachent pas cogiter. » D'après une citation d'Adolf Hitler : « Quelle chance pour les dirigeants que les hommes ne réfléchissent pas. »

REMERCIEMENTS

L'auteur tient à remercier quelques personnes qui ont joué un rôle essentiel dans le processus de création de ce roman. Tout d'abord, je tiens à remercier ma femme, Ann Birdgenaw, car ce livre n'aurait pas vu le jour sans son inspiration. Elle a également eu un rôle primordial comme partenaire de lecture et relectrice. Je tiens ensuite à remercier ma coach littéraire et secrétaire d'édition, Nina Munteanu. Autrice comme moi, c'est aussi une scientifique et une formatrice en écriture créative. Nina m'a encouragé à développer mon travail, initialement une nouvelle, pour en faire une trilogie, et ses conseils m'ont appris l'essentiel à savoir sur l'écriture de romans. Je remercie aussi l'autrice et secrétaire d'édition Erin Bledsoe, qui m'a aidé à peaufiner cette œuvre. Merci à mes enfants, Kelly, Sophie et Justin, pour leurs encouragements et leurs commentaires. De célèbres personnages ou des légendes indigènes ont inspiré les rimes du texte original.

À PROPOS DE L'AUTEUR

L'auteur, Terry Birdgenaw, est un métis d'origine oji-cris, anglaise, écossaise, néerlandaise et canadienne-française. Le cousin germain de sa mère est depuis longtemps un aîné de la Nation métisse du Canada. Cependant, Terry soutient que sa famille s'est intégrée à la culture canadienne et européenne lorsqu'elle s'est éloignée du territoire Oji-Cris, il y a plusieurs générations. Cela n'empêche pas Terry d'être fasciné depuis longtemps par l'histoire de son ancêtre, Mistigoose, la première autochtone canadienne à intégrer un Européen dans sa lignée.

Figure tragique, Mistigoose a été une inspiration pour ce roman et cette série. En effet, malheureuse, elle s'est noyée à cause du chagrin causé par la perte de son premier fils William, emmené définitivement en Angleterre par Robert, le mari de Mistigoose. L'arrière-grand-père de Terry au cinquième degré voulait absolument s'assurer que leur fils, contre la volonté de sa mère, recevrait un bel héritage qui lui était promis. Ironie du sort, la loi britannique interdisait aux métis de posséder des biens, alors William n'a jamais reçu l'héritage en question. Son déménagement et la mort de sa mère ont été tous les deux vains.

La traduction de Mistigoose, un mot oji-cris, a inspiré en partie l'histoire racontée dans *Les Chroniques des Fourmuniens*. En français, Mistigoose signifie petite branche ou brindille. Par exemple, le personnage principal de *L'Histoire de Fourmuna*, dont la mère s'est noyée, a utilisé, par pur altruisme, une brindille pour sauver Dinomite, qui deviendra son ami. Dans le deuxième tome de la trilogie, *L'Essor et le déclin de la Fourmunocracy*, la solution résidait dans la prise de conscience des insectoïdes qui avaient besoin de minuscules insectes pour émietter des petites branches dans le but de générer un nouveau sol, crucial à la restauration de leurs terres épuisées.

Allez faire un tout sur :
https://terrybirdgenaw.wordpress.com/
https://bsky.app/profile/terrybirdgenaw.bsky.social
https://www.instagram.com/authorterrybirdgenaw/
https://www.facebook.com/TerryBirdgenawWriter

À PROPOS DE LA TRILOGIE

L'Histoire de Fourmuna est le premier tome des *Planète des insectes*. Le récit suit la vie d'insectes terrestres transplantés sur une planète lointaine, appel*ée* Caca-ponique, après avoir traversé un vortex. Malgré ses convictions, Fourmuna ne réussit pas à se sauver ou à sauver ses divers amis de la dévastation de la guerre. Pourtant, les histoires qui ont perduré après sa mort relatent de son combat contre la discrimination, de ses efforts pour sauver la colonie de la famine, des rôles de genre qu'elle a cherché à inverser, de l'*érudit qu*'elle est devenue et de son exploit de résistance. Même si elle n'*était qu*'une petite fourmi, les actions de Fourmuna ont changé la société des insectes pour toujours.

Ne manquez pas *L'Essor et le déclin de la Fourmunocracy*, le deuxième tome des *Planète des insectes*. Cette histoire, semblable à *La Ferme des animaux*, suit l'évolution d'insectes à cyborgs, la croissance et le déclin d'une démocratie naissante et l'extinction de la vie sur la planète causée par une crise climatique qui a été longtemps négligée. On y voit également la société utopique créée par un groupe d'insectes cyborgs qui s'échappent, avant la catastrophe atmosphérique, vers la lune Bilaluna de Caca-ponique.

Le troisième tome des *Planète des insectes* sortira plus tard. Le roman *L'Union des Fourmuniens* reprend quelques générations après la recolonisation de leur ancienne planète, dont l'atmosphère s'est rétablie, par les insectoïdes de Bilaluna. Ils rebaptisent la planète Intopia. Malgré leur optimisme, un dirigeant autoritaire prend le contrôle de la colonie et utilise la manipulation génétique pour remplacer les indésirables parmi les insectes cyborgs, mais aussi les mutations biologiques et les codes sociétaux pour contrôler ses citoyens. Ce troisième livre est une allégorie qui rappelle *1984* et *Le Meilleur des mondes,* où des espions rebelles doivent renverser un régime dystopique qui utilise l'histrionique, la bionique et la socionique pour soumettre ses citoyens. C'est un nouveau monde audacieux, tout droit venu d'un autre monde !